JN038809
「ここは闇オークション。最高額をご提示頂いた方に、
この乳首をお譲りしましょう」
illustration by CHIHARU NARA

甘噛乳首

秀 香穂里
KAORI SYU

イラスト
奈良千春
CHIHARU NARA

CONTENTS

1

困惑。

最初にやってきた感情に惑わされ、北見祐介は真っ暗な視界の向こう側をのぞきたくて、何度も瞬きしたのだが、なにも見えない。薄ぼんやりした明かりすら届かない。眼前に広がるのは暗黒の世界。

次に恐怖。

どうやら手足が拘束されているようだった。

両手はご丁寧に背後に回され、なにか幅広い布状のもので縛られている。両足首も同様に。北見は自分が硬い椅子に座らされていることには気づいていた。

背もたれは直角で、座面にもクッションがない。おそらく金属でできているのだろう。わずかに身動ぎするたびにひんやりした部分が素肌に当たった。

――素肌に？　俺はいったいどういう格好を取らされているんだ？

なにも見えないし動けない北見にとって、聴覚と嗅覚だけが頼りだった。先ほどから頭上で軽やかなカルテットが流れている。

どこかで聴いた覚えがあるような、ないような。ヴァイオリン、ヴィオラ、チェロによる四重奏はときに激しく、そして波が引くように穏やかな音色を奏でていた。

いまの北見が置かれている状況を考えれば、まるでふさわしくない優雅なしらべに苛々としてくる。

――誰か、誰か。俺はいったいどうなってるんだ?

無意識のうちに足の両爪先を擦り合わせ、そこで気づいた。裸足だ。靴下も靴も履いていない。それどころか、衣服すら身に着けていないのではないか。金属製の椅子の冷ややかさをじかに感じ取れるということは、そういうことだ。

もぞりと腰をよじらせ、かろうじて下着だけは穿いていることを確認してほっとするが、どくどくと脈打つ鼓動はちっとも治まらない。

四重奏がやけに耳につく。うるさい、ああ、うるさい、やめてくれ。叫ぼうとして叫べないことに驚き、暗闇の中で目を瞠った。

ぐっと奥歯を噛み締めたいのだが、できない。どうも猿ぐつわを噛まされているらしい。

ふーっ、ふーっと漏れ出るおのれの荒い息遣いに無性に腹が立つ。

なんでこんな目に遭ってんだ。誰がいったいこんな――。

自らを戒める奇っ怪な趣味などないから、他人の手によって拘束されたのは自明だろう。

いつからこんな状態に置かれているのか、記憶の底を探ってもなぜか曖昧だった。

北見は仕事でとあるヤマを追い、六本木の雑居ビル内にある会員制クラブへの潜入に成功していた。今夜こそ裏付けが取れると意気込んでいたものの、その興奮はすぐに終わりが訪れた。

ボックス席に案内され、『お飲み物は』と黒服のウエイターに訊かれたので、ウーロン茶を、と言いかけたが、こういう店でソフトドリンクを頼むのも怪しまれるだろう。

結局バーボンのロックを作ってもらい、ちびちび呑みながら真相に辿り着くきっかけをいまかいまかと待ち構えていたのだ。

――だとすれば、あの水割りになにか仕込まれていたのか？　いや、そのあと俺は様子伺いにトイレに立った。そこでひとりの男に会った。まさかあの男が。

睡眠薬とか。非合法の薬ではないことだけは祈りたい。

記憶は混濁し、酩酊し、ふと我に返ったときには冷たい椅子に座らされていた。

謀られたかと臍を噛むのもつかの間、右方向からかつかつと靴の音が響いてくる。

革靴を履いた者が近づいてきたことにびくりと身体を震わせ、すぐさまそんな自分を罵った。

硬い靴音からして男と窺える。

怯えるという感情を北見はひどく嫌っていた。鋭い嗅覚とフットワークのよさを買われ、二十七歳の若さで北見は大手出版社桜庭社が発行する週刊誌『週刊桜庭』芸能部のエースの座を勝ち取ったのだ。

ありとあらゆる美と虚飾と羨望、妬みにひがみが渦巻く芸能社会でスキャンダラスなスクープを連発させてきた北見に、恐れの二文字はない。

たった、いままでは。

その男がぴたりと真横に立ったとき、背中にじわりと汗が滲む。

男が発散する得体の知れない威圧感に自分とあろう者が気圧されているのだ。

すうっと首筋を撫でられ、身体が竦んだ。男は手袋を嵌めているらしかった。人肌を感じられない、つるりとした指先が北見の首筋を二度、三度上下し、そのまま斜めに切り込んだ鎖骨へと落ちていく。

それだけでぞくりと背筋が撓み、屈辱感に苛まれる。

潜入先で策を見抜かれ無様な姿を晒したうえに、好き勝手にされているとは。

「いい身体だ。極上の乳首を持っていますね、あなたは」

低い声はひどく楽しげな笑いを含んでいる。煙草を吸う奴なのだろうか。声の底はかすかにざらついていた。

手袋を嵌めた指先がツツッと落ちて、胸の尖りに辿り着いたところで止まった。

やめろ、手を離せ。

声を放ったつもりだが、口に嵌め込まれた猿ぐつわにすべて吸収されてしまう。

男の指はしばらくそのままじっと乳首の先端に留まっていた。

そうするとだんだん温もりが伝わってくる。

手袋を通していても男の体温が感じられる。

そのことがますます神経をひりつかせ、北見はがむしゃらに背後に回された両手を動かそうとした。

だが、思いがけずもぎっちりと結わえられているらしく、指先だけが虚しく空を弄るだけだ。

指が尖りをゆっくりと押す。弾力を確かめるかのように。

押し込み、指を離し、また押し込む。乳首は押し込まれるたびに勝手に元に戻るのだが、繰り返されるうちに奇妙なむず痒さを伴っていく。

「ほんとうにいい乳首ですね。こんなのは初めてだ」

独特の粘っこさが感じられる声におぞましさを感じる。この声の持ち主がいったいなにをしようとしているのか、北見にはまるでわからない——いや、わかりたくなかったのかもしれない。

今度は指が乳首の根元をつまみ、きゅうっとひねった。強めに。

「……ッ」

痛みとこみ上げる恐れに脂汗が滲み出す。男は北見の乳首に大層興味を抱いているようで、そこばかり執拗に弄り回してくる。

やめろ、やめろ、もうやめてくれ。

浅い息遣いの中で必死に反駁する。そんなところを弄ってなにが楽しいんだ。やわらかな肢体を誇る女ならともかく、硬くて平らかな男の胸をいたぶっておもしろいのか。

「とても楽しいですよ、私はね」

胸の裡を読み取ったかのように、男がかすかに笑い声を立てる。

次第に乳首をねじる指先にリズムがついてきた。

きゅっきゅっと間断なく捏ねられ、ねじられると、言い知れぬ疼きが身体の奥底から迫り上がってきて、北見を絶句させる。

じわり、じわりと埋み火が乳首の根元を炙る。すこしでも男が力の加減を間違ったら、一気に鋭い快感へと変わってしまいそうな恐れがあった。

馬鹿野郎、ふざけるな。いますぐ俺を解放しろ――。

罵倒を封じ込めるように乳首をぎゅっときつくつまれ、北見は衝撃のあまりグンと後方に首をのけぞらせた。

熱っぽくどろどろした快楽が生まれ始めている。

まさかと自分を罵りたいけれど、ねちねちと弄られ続けるうちに乳首にははっきりとした芯が通り、ひどくずきずきと疼く。

男は乳暈をそうっと撫で回した。

ふつふつと汗が噴き出していくのがわかる。触れるか触れないかという微妙なタッチでそこを探られると、乳首ごとふくらんでしまうのではないかと錯覚に陥りそうだ。

真っ当に――仕事のためなら人にはけっして言えない後ろめたいこともしてきたが――二十七年生きてきて男の慰みものになろうとはこれっぽっちも考えていなかった。

政治、社会、芸能という三本柱で成り立っている雑誌記者を務めていれば、日々細かないざこざや揉めごとは起きるものだ。

暴力団関係の記事を追っているならば命の危機を感じることもあろうが、北見が属するのはほとんどの人間が好奇心旺盛にのぞき見をする芸能情報だ。

誰それが恋愛をした、密会をした、不倫をした、未成年と淫行した、飲酒運転をやってしまった、違法の薬に手を染めてしまったなどなど、昨今の芸能界はスキャンダルにまみれている。

芸能人が一般人よりも高いステップを上り、謎のベールに包まれながら気迫のこもった演技で魅せる、あるいは歌でひとを惹き付けるという時代は終焉に差し掛かっている。

SNSが当たり前になった時代では、アイドルをはじめとした芸能人は意識してひとりで家にこもらないかぎり、一般人の好奇の目に晒され、仕事以上に神経を磨り減らす。

そこまでしてテレビに出たいのか、映画に出演したいのかという葛藤が、彼らにもあるのだろう。

すくないプライベートの時間で羽目を外し、醜聞を起こすところを狙っているのが北見を筆頭とした芸能記者だ。

「もうすぐ時間ですよ。こころの準備はできていますか」

男が問いかけてくるものの、答えは待っていないようだ。

この期に及んでも逃げ出せないかと力のかぎりに暴れたつもりだったが、手足の枷は外れなかった。

名残惜しそうに男の指が胸から離れ、すっとくちびるのラインを辿っていく。

「いい声で啼いてくださいね」

それを合図にしゅるしゅるとなにかが目の前で上がっていく気配がする。

幕、だろうか。

途端、かっと照りつけるライトに熱く肌を灼かれ、北見は感じた。

大勢の――男の視線を。

2

「北見、吉里えみと渡辺哲樹との密会の件どうなってる？」

「いま裏付けを取ってるところです。連日張ってるので数日中には結果が出せるかと。ここ最近、二週間に一回は会ってるみたいですから」

「絶対外すなよ。他社にも出し抜かれるな。このスクープが獲れたら夏のボーナス跳ね上がるぞ。頑張れよ」

デスクの岩本にバシッと肩を強く叩かれ、北見は相変わらず体育会系だなと苦笑いし、拳を固めて「頑張ります」と言う。

日に日に日中の暖かさが増し、そろそろ東京の桜も開花するでしょうと言われる三月下旬。午後五時過ぎの『週刊桜庭』編集部内で北見は自席に向かい、タブレットPCに届く山のようなメールをえり分けていた。

他の編集とのやり取り、過去取材した者との連絡、それに大事なのがこれから披露しようとしているネタの定期的な連絡だ。

連日激務ではあるが、好きな仕事だ。先ほど立ち寄ったトイレで見た自分は癖のない黒髪にやや鋭利な印象を与えるいつもの顔をしていた。

男所帯の『週刊桜庭』で北見の整った美貌はときにからかいの対象になったり、ときには羨望や妬みの対象にもなったりしていた。

自分ではそんなつもりはないのに、薄いくちびるで微笑むと酷薄そうな印象になるという。切れ長の目、通った鼻梁。確かに雑誌記者にしてはすこし浮くだろうなとしか北見は考えていない。

このツラで美味しいネタを引っ張れるなら、いくらでも貸してやりたいものだ。そんな貪欲さが面に出ないところはありがたい一面でもあるが。

清純派で国民的人気のある女優・吉里えみと、親子ほど年の離れた政治家である渡辺哲樹が不倫をしている――そんな超弩級のネタが編集部宛のメールアドレスに届いたのはひと月ほど前のことだ。

『週刊桜庭』では新鮮なネタをいつでも広く募集している。

もちろん届く八割はガセネタや妄想だったりするのだが、残り二割にはぎらりと鋭いものが隠れていたりする。

そこからさらにえり分け、実際の記事になるのは一割以下ともなるが、ＳＮＳが発達した昨今、一般読者や関係者からの匿名投稿が俄然増えたのは事実だ。

吉里えみと渡辺哲樹の一件もそうだ。

現外務省の大臣の渡辺哲樹は五十代後半、糟糠の妻と同じく政界入りを目指しているふたりの息子がいる。代々、政治家を輩出する名家の渡辺家で哲樹はとりわけ才覚を現し、いずれ首相にも上り詰めるのではないかと噂される人物だ。

片や吉里えみは朝の連ドラで一躍人気を博した可憐な容姿が売りの二十二歳の女優。十五歳の頃、学校帰りに原宿で遊んでいたところを芸能事務所にスカウトされ、その愛くるしい笑顔と清純さを武器に、最初は雑誌モデルをしていたが、本人の強い希望でデビュー一年後にはテレビドラマの出演を果たした。

監督が吉里えみの大ファンで当て書きしたこともあり、その恋愛ドラマは大ヒットし、以後、飛ぶ鳥を落とす勢いで立て続けに注目作に抜擢されている。

『恋愛ベタだし、仕事のことで頭がいっぱいです。いまはとにかくお仕事に専念する時期です』

そんなふうに生真面目に語っていた彼女は『週刊桜庭』の巻頭グラビアページを飾ったこともあった。あれは、女優デビューした直後だったか。

取材に向かった記者もカメラマンも一様に彼女の透明感に骨抜きになったうえに、ほっそりとしたやわらかな身体の線を上品に拾う、水色の半袖ワンピースと麦わら帽子という、どこかレトロな雰囲気の写真が撮れたおかげで、その号は売れに売れた。

さらに一年後、他社から出た初写真集は爆発的な売り上げを記録したという。

いまをときめく若手女優と脂の乗った政治家との不倫を疑うような一枚の写真データが編集部のアドレスに届いたとき、部内は色めき立った。

誰もが、まさか、と動揺したのだ。

吉里えみが所属するのは芸能界きっての大手プロダクションだ。

これからさらに大きく売りだそうとしている女優を厳しく管理しているはずなのに、こんなスキャンダルが出るとは。

一方の渡辺哲樹は名家の出とはいえ、精悍な相貌と冴え渡る手腕に惚れる女は後を絶たず、妻子がありながらも愛人のひとりやふたりはちらほら見え隠れしていたのも事実だった。

だが、渡辺は事が公になろうとする寸前にどこかから嗅ぎつけ、出版社上層部にストップをかけてきた。

そのせいで、いつも渡辺哲樹の固い鎧は壊せないままでいる。

これが北見たち編集部のスクープ魂にさらに火を点けた。

なんたって不倫だ。

不倫は文化だともてはやされた時代はとうに終わり、ひとびとの意識が高まったいまでは芸能人、政界人の活動に急ブレーキをかけさせる大きな軛となっている。

ひとりの相手に尽くせないなら誠実に離婚報告をしたほうが、まだましだ。

それをこそこそと隠れ、古風に言えば逢い引きをしているなんて薄汚い――というのが世間一般の認知で、北見たちにとってはこれ以上美味しいネタはないと思える。

ふたりの密会を思わせる写真は粗めだがカラーデータで、深夜、六本木のクラブに横付けした車から降りた彼らが、親密そうに腕を組んで入っていくところだ。

これだけでは渡辺たちが不倫状態にあるとは決めつけられないが、メールにはこう書いてあった。

『この後ふたりはクラブで二時間ほど過ごしたあと、赤坂のホテルにしけ込みました』

しけ込むとはいまどきは聞かないなと苦笑しつつも、渡辺たちの行為がうしろめたいことを如実に表す言葉でもある。

このクラブは編集部内でも知られていた。

二年ほど前にできた会員制クラブで、芸能界、政界でも著名な者しか入れないという曰く付きの店だ。お忍びで使うにはうってつけなのだろう。

入口には屈強な黒人のボディガードがふたり構えており、一見はまず近づかない場所だ。

写真の中で、吉里えみはブラウンの膝丈のコートを羽織り、綺麗な足を惜しげもなく見せている。

ヒールの踵は低く、長身痩躯の渡辺にぴったりと身を寄せていた。うつむき、マスクにサングラスをしており、髪もうしろで簡単に結わえている。長い艶のある黒髪が彼女のトレードマークだから、ぱっと見では吉里えみとはわからないだろう。

その優越感に浸っているのは彼女の腕を取る渡辺哲樹だけだ。

部署内で検討した結果、本物だろうと結論が出た。

半年前から吉里えみには男ができたらしいとまことしやかな噂が流れていた。恋をすると女は変わる。清純派で売り出した吉里えみに大人の女性らしい艶めきが加わったと、カメラマンたちの間でも話題になっていたのだ。

相手は同業の芸能人か。年齢は、名前は。

吉里えみにとって初めての熱愛発覚だろうから、スクープが獲れれば大きな話題になる。

それがまさか、政界でも辣腕を振るう渡辺哲樹だとは誰も想像していなかった。

あまりの大物登場に懸念を示す者もいた。

それも当然だろう。

過去二度、『週刊桜庭』は渡辺哲樹の不倫ネタを握り潰されているのだから。

歯噛みする事態だった。落ち合う場所も、相手もわかっている。現場に踏み込んでやりたくてうずうずするが、相手は超高級会員制クラブだ。

ボディガードに顔認証されるだろうし、ゲストで入ろうにもさすがにツテがない。

どうやって突破口を開くか、写真が表示されたままのタブレットPCに向かって考え込んでいると、背後に大きな影が落ちた。

振り返るまでもない。北見はこの男に苦手意識を抱いていた。

「――そのクラブのゲストパスを手に入れた」

「なに？」

思わぬ言葉にキャスターのついた椅子ごとぐるりと振り返る。

背後に立っているのは同僚の羽川慎二だ。

痩躯でも鍛えているつもりの北見より圧倒的に体格がよく、大学時代までラグビー部に所属していたという話だ。

厚みのある身体は白いワイシャツをきつそうに盛り上がらせ、肘までまくった袖から見える腕も逞しい。

ただ、薄茶色の髪を短めに整えているせいで、正面から向き合うとさほど威圧感はない。

太い眉が示すような精悍な相貌を持った羽川は、一通の茶封筒をデスクに滑らせてきた。

怪訝な顔をしていたのがわかったのだろう。「開けてみろ」とぶっきらぼうに命じてくる。

できることならこの厄介な男とはあまり言葉を交わしたくないのだが、目的としている秘密クラブへ潜入できるゲストパスが入っているのかと思うと胸がはやる。

中から出てきたのはどこから用意してきたのか、北見の顔写真が添付されたＩＤカードだ。

「GUEST」と書かれている。これを見せれば、ひとまず店内には入れるのだろう。

「おまえ、どうやってこれを？」

「ちょっと、な。協力者がいるんだ」

「渡辺哲樹のほうに？　それとも吉里えみか」

「それは明かせない。ただこれがあれば今夜限定であのクラブに入れる。行くか」

「……おまえもか」

「当然だろう。俺があのクラブの正会員ということになってるんだ」

「それも協力者の手引きか」

「つまらんことを言ってると返してもらうぞ」

「いや」

そりが合わない同僚ではあるが、この申し出は正直助かる。

ＩＤカードの片隅には今日の日付と「23：00～05：00」と刻印されていた。この間なら自由に出入りできるのだろう。

「出入り口でのボディチェックはあるか」

「当然。ただスマートフォンは自由に持って入れる。カメラや録音機材は無理だな」

「おまえ、この店に入ったことがあるのか」

「一度だけ。一時間程度滞在して、店内の間取りは把握している。俺もこのヤマは追いたい」

「……わかった」

深く息を吐いて、北見は頷いた。ここは手を組むべきだ。

「行こう」

なぜ羽川と反発し合うのか。

最初から敵対していたのかと言えばそうではない。

同期入社でお互いに総務部での一年を過ごしたあと、そろって『週刊桜庭』に配属された。

体育会系の羽川は人懐こく、すっと他人の懐に入るのがうまい。

長年ラグビーに興じていたせいで波長の合う仲間を作る方法や、初対面でも相手の警戒心を瞬時に解くことに長けていた。

最初は、北見も羽川の明るい笑顔に信頼を寄せていたのだ。よく食事も一緒にした。大きな口を開けて勢いよく食べる彼の姿は見ていて気持ちよかったし、これからどんな記事を手がけていきたいか、公称七十万部を誇る最大手誌『週刊桜庭』に対する情熱を語り合うのはとてつもなく魅力的だった。

ともに駆け出しの記者としてがむしゃらに働き、いつかは誰もが度肝を抜くスクープを――。そう誓い合っていたのだが、先に勝利を摑んだのは北見だった。

たまたま目にした匿名投稿にきな臭いものを感じて、とある若手俳優の身辺を探っていたところ、彼が三軒茶屋にある隠れ家的なクラブに夜な夜な通い、大麻を吸っているという情報にぶち当たった。

羽川の協力を仰ごうかと考えたのだが、このとき彼は別件を追っていて多忙だった。だから先輩記者とふたりで動いたのだ。

結果、薄暗い店内でうっとりと大麻をくゆらす俳優の姿の撮影に成功し、それをすっぱ抜いた号はおおいに話題となり、若手俳優は即座に事務所解雇、謝罪会見もそこそこに逮捕され、不起訴処分にはなったものの、釈放された直後、逃げるように海外へ飛んだ。

他人の悪事を暴いて悦に入るのか、と詰るひともいるだろう。

事実、若手俳優のファンからは矢のような抗議メールが届き、「このクソマスコミ」と罵倒された。

痛くも痒くもないというのが北見の正直な気持ちだ。

探られて痛い腹を持っているほうが悪いのではないか。

ただ酒を呑んでいるだけだったら問題なかった。女遊びにしても、常識の範囲内に留めておけばよいのだ。

法に触れる遊びに嵌まったあいつが馬鹿なだけだ。

冷笑し、北見はその年の『週刊桜庭』スクープ賞に輝いた。

入社二年目にしての快挙で部署内はおおいに盛り上がり、誰もが、「おまえにゃ期待してるよ」「鼻が利くな」と言ってくれたものだ。同行してくれた先輩記者も喜んでくれた。

翌年も、北見は人気俳優の不倫ネタを探り当て、一躍、芸能部のエース記者になったわけだ。

それを面白く思わない奴がいた。

羽川だ。

初めてのスクープ賞を獲ったときは、「やるなあ、先を越されたよ」と苦笑しながらも喜んでくれたが、次々に成果を上げていく北見に焦りを感じていたのだろう。

次第に険しい顔となり、交わす言葉はすくなくなっていった。

もう、ふたりで食事をすることもなくなった。

極めつけは昨年の忘年会で、酔って荒れた彼に、派手にビールを引っかけられたのだ。『悪い悪い、大事なエース様に』と言いながらまったく詫びていないその声に、こいつ、俺を僻んでいるのかと内心舌打ちした。

周りには大勢の仲間がいたので大事にはしなかったけれども、羽川の険のある視線だけはけっして忘れていない。

いつの間にこんなに離れてしまったのだろう。

ともに取材し、記事を書き、よき同僚だった。

だが、いまでは憎まれる一方だ。割り切って仕事に打ち込もうと思うが、ほんのすこし寂しさはある。

北見が取る手段はひとつ。仕事で最上の結果を出すまでだ。近いうちに、芸能部の中に「北見班」を作ってやる。

そのときはほんとうに袂を分かつかもしれない。

そう思っていた相手がこの夜、堂々とした顔で隣に座っている。

目的のクラブに潜入したのは零時過ぎ。正会員のＩＤカードを持つ羽川について、北見のゲストパスも問題なく通った。

表通りから一本外れたところにある白いコンクリでできた一見普通のビルだが、三段ほど階段を上がったところで屈強な黒人ボディガードが扉の両脇を守っていた。

そこで客たちは顔とＩＤカードを確かめられる。

興味本位で近づく者がいたとしても邪険に追い払われ、ＩＤカードを持つ者だけが恭しく中へと案内される。

選ばれし者だけが入れる空間は凄まじいのひと言に尽きる。

これまでに取材で銀座、赤坂、麻布、渋谷、青山といった人気エリアのクラブやバーには一通り足を運んでいたつもりだが、超ＶＩＰだけが入れるこの店は別格だ。

できてまだ二年目ということもあって目新しく、また絶対の信頼を客は寄せているのだろう。

重い鉄の扉を開けた先には深紅の絨毯が敷かれ、長い廊下を歩いて行くと、いきなり円形のホールに出る。

ホールの中央にはなにかショウでも行うのか、床から一段高いステージが用意され、その周囲をぐるりと囲むようにボックス席が配置されていた。

重たく垂れ下がる美しいシャンデリア。音もなく近づいてくる黒服たち。

半円形のソファに腰掛けた北見は内心の興奮を気取られないよう、ひとまず羽川と同じくクラフトビールを注文した。

「緊張してるか」

「べつに」

ふいっとそっぽを向いて運ばれてきたばかりのグラスに口をつける。

クリーミィで濃厚な味わいが格別だ。

すこし距離を空けて座る羽川はジャケットの内ポケットから煙草を取り出し、ライターでかちりと火を点ける。ふうっと紫煙を吐く仕草がやけに馴染んでいた。

「おまえ、喫煙者だったか」

「まあな」

「ラグビー部出身だろ。禁止されてなかったのか」

「そんなのはもうとっくに終わった話だろ？　酒も煙草もやれなくて、どうして芸能記者が務まるんだよ」

「……前時代的だな」

皮肉交じりに笑う。「吸うか」と勧められたが、首を横に振った。北見も喫煙者だったが、いまは煙草を吸っても神経が尖るだけだ。そのうえ、北見は鼻が利いた。

今夜も取材を終えてひとり住まいのマンションに戻ったら、急に自分が煙りくさく思えて仕方なくなるだろう。スーツやワイシャツはすぐにクリーニング袋へと突っ込み、自分はバスルームへ直行する。匂いがきついものは苦手だった。整髪料にボディソープ、シャンプー類はできるだけ無香を選んでいる。

フロア内の様子をそろそろと窺うと、だいぶ席が埋まってきたようだ。

北見たちが座っているのは後方。

ステージからは遠いが、おかげでフロアの中が見渡せる。

「……男客が多いな」

「まあな。今日はちょっとしたショウがあるんだ」

「ショウ？　どんなのだ。ストリップとかか」

「見てればわかる。呑んじまえよ、もうグラスが空だぞ」

「あ、ああ」

グラスの底二センチほど残っていたビールを飲み干すと、黒服がそっと近づいてきたので、バーボンのロックを注文した。

大事な仕事前に泥酔(でいすい)するわけにはいかないので、軽くくちびるを湿(しめ)らせるだけにしておこう。

もう一度周囲を窺う。ほとんどがスーツ姿の男ばかりだ。ひとり客が多い。

この調子では、ターゲットの吉里えみと渡辺哲樹のカップルは来ないのではないか。

内心危(あや)ぶみ、「ちょっとトイレに行ってくる」と席を立った。二杯目のグラスに口をつけている羽川はひらひらと手を振るだけだ。

黒服に案内されて、フロアの奥のトイレへと向かう。男性用トイレと女性用トイレは離れているらしい。

静かなトイレに入り、とりあえず三つ並んだ個室を見やる。扉はどれも開いていた。

べつに用を足したかったのではなく、トイレが悪い意味で使われることはないだろうかと下見をしたかっただけなので、手を洗い、なんとはなしに鏡(かがみ)を見る。

自分でも愛想(あいそ)のない顔だなと思う。

笑えば皮肉っぽく見られるし、真面目にすればつっけんどんだと取られる。取り澄(す)ました顔だなと思うものの、仕方がない。

この顔で二十七年やってきたのだから、これから先もそう変わらないだろう。

額(ひたい)にかかった前髪をかき上げ、スーツの襟元(えりもと)を正して外に出ようとしたときだった。内側にきいっと扉が開き、長身の男が入ってくる。

「失礼」

深く、静かな声だ。

鏡越しに見た男は黒く艶のある髪を綺麗に撫でつけ、シックなネイビーのスーツを身に着けていた。

怖いぐらいに研ぎ澄まされた相貌。

切れ長の漆黒の瞳が鞭のように北見を鋭くひと撫でする。

背筋がぞくりと震えた。

視線だけで服を一枚一枚剝がされる錯覚に陥る。

「初めてのお客様ですね」

「はい、あなたは」

「——リウと申します。この店のオーナーです」

「あなたが……」

数多の秘密を抱えるクラブの経営者だというのか。

なめらかな肌をしているが、北見よりは年上だ。三十代半ばというところか。

リウという名前からも、蛇のような睨めつける瞳からも日本人ではないことがわかる。

中国系と判断し、男をもっと見ようと向き直ろうとしたのと同時に、リウの手が素早く動く。

「ぐ……っ!」

ハンカチで鼻を塞がれ、必死にもがいた。男に背後から抱き締められるような格好で鼻をきつく押さえられて、肘で彼の腹をどんと突いたのだがびくともしない。

まるで鋼のような強靱な身体だ。刺激臭を思いきり吸い込んでしまい、急速に頭がくらくらしてくる。膝から力が抜け、まともに抗うこともできない。

――どうして、どうしてこんな。

がむしゃらに暴れたつもりなのに腕の動きは弱々しく、声さえ上げられない。

意識が混濁し、闇に沈む寸前、男が楽しげに囁いた。

「寝ている場合ではありませんよ。お楽しみはこれからです」

3

ふわりと花の香りがした。甘く、濃い――百合(ゆり)の香りだろうか。

鼻先をくすぐる香りに釣(つ)られてゆっくり意識が浮上していく。

頭の芯がぼうっとしていた。手足には力が入らず、瞼(まぶた)がとろんと重い。

冷たい椅子に座らされ、両手足は幅広の布のようなもので固定されている。そのうえ猿ぐつわを噛まされていた。

「ん、ん」

瞬時のうちに置かれた状況を把握し、恐怖に陥る。

なんだ、なんなんだいったい。俺はいったいどうなっているんだ。誰がこんなことを。誰が。

それよりもいったいここはどこなのだ。

闇にすこしずつ慣れてきた目には、まだなにも映らない。

それでもあたりの様子を必死に窺うと、視界を布で覆(おお)われていることに気づいた。

騒ぐ――無理だ、声を出せないから。

暴れる――それも無理だ。手足が動かないから。

見る――それも無理だ。視界は闇だ。

聴く――それならなんとかできた。

不意に気づいた。

先ほどから低く音楽が流れている。

ヴァイオリン、ヴィオラ、チェロによる四重奏が頭上から降り注いでくる。平時であればこころをなだめるよいしらべなのだろう。

しかし、いまの北見にとっては邪魔なものでしかなかった。

身体が動かないのに音の重なりだけが耳の奥に届いてくる。

それがなんだかとても嫌だ。好きで聴いているわけではない。

無理やり聴かされているのだ。

しらべは軽やかに、ときに激しく、ときに穏やかに。

なすべきことが聴くことだけなら、無我夢中でその音の奥を探ろうとした。すると、隣にふとひとが立つ気配がした。

男の指が鎖骨の溝を執拗になぞり、くぼみの深さを愉しんでいるかのようだ。

低い笑い声がする。それから指はつつっと落ちて胸の尖りに辿り着いた。

その先端をぐっと押されるとびくりと身体が反応する。なぜ、そんなところを触るのか。

「ほんとうにいい乳首ですね。こんなのは初めてだ」

男の指が勝手に動き、尖りをくりくりと揉み込む。ん、ん、と必死にもがいた。

どうしてそんなところを触るんだ。

男の胸なんてつまらないだろう。女みたいにやわらかで揉みしだき甲斐があるわけでもないのに。

「――――……ッ！」

手袋を嵌めた指先がきゅうっと根元をねじり上げる。

ぎゅん、とこみ上げる痛みの奥底に快感がない交ぜになっていて北見を困惑させる。

花の香りがより強くなる。

催淫剤（さいいんざい）でも混ざっているのかと疑うほどの濃い香りに惑わされて、んぅ、と呻（うめ）く。

「もう、感じ始めているようですね。いい子だ。薬の効き目がよい子は好きですよ」

やはり薬を使われたのか。でも、なぜ？

乳首の先端がちりちりとして、根元にぴんと芯が入る。

男の手によって乳首が硬くなり、淫（みだ）らに上向いていく。

しこったそこをぐりぐりと揉み潰されてたまらずにごくりと唾（つば）を呑んだ。

苦しい、苦しすぎる。せめてこの猿ぐつわさえなかったら叫ぶことができるのに。

「なにか言いたいようですね。……では、外してあげましょう。開幕とともにね」

男が言うなり、口枷（くちかせ）が外された。

はっはっと息を荒くし、「あんたは」と言いかけると正面のカーテンがしゅるしゅると開かれていく。

カッと強いライトが肌を灼く。

「なにを……」

大勢の——男の視線を感じる。刺すような視線を幾つも。

目隠しも取られた。ぎらぎらと眩しい光に網膜が炙られ、視界は真っ白だ。

慌てて瞼を閉じて光を遮り、怖々とまた開いていく。

ぼうっと広がる世界に、男たちの顔、顔、顔。にやついた顔、舌舐めずりした顔、いまにも襲いかかってきそうな顔。

共通しているのはどれも飢えた顔だ。

牙を剝いて身を乗り出す男どもの顔にぞっとし、椅子ごと身体を揺らす。

けれど椅子は床に固定されていてびくりともしない。

ここは、先ほどまでいたクラブ内だ。

ぐるりと円形のフロアに沿って半円形のボックス席が置かれている。

ならば、自分がいるのは中央に設えられたステージということか。埋め込み式のライトが眩しすぎて何度も瞬きしてしまう。

大きく息を吐き、必死に傍らの男を見上げた。

そいつはトイレで出会った男、リウだ。

洗練されたネイビースーツにさらにもっと深いネイビーのシャツ、ネクタイを合わせ、黒い手袋を嵌めていた。

さらりと後頭部を撫でられ、軽く上向かされる。

「さあ、今宵の特別なショウを始めましょう。極上の品が入りました。いままでにご覧に入れてきた絵画、壺、宝石のどれよりも美しい品――生きた男の身体です」

凛とした低い声がフロア内に響き渡り、男たちが息を呑む。

「髪も肌艶も瞳の色も素晴らしい。首筋は思わず噛みつきたくなるぐらいですよ。背骨の強さにはうっとりしてしまう。腰骨はあなた方の加虐心をことさら煽るでしょう。くるぶしは理想通りの硬さで美しく出っ張っている。嬲り尽くしたいぐらいにね。……下着に隠された場所がどんなものかは落札された方だけのお楽しみですが、乳首のよさはたっぷりとお目にかけましょう。ほら、ね」

乳首の先端をくびり出すように根元をぎゅうっとつままれて、視界が真っ赤に染まる。

じんじんする――でも……言葉にはならない『なにか』が底に潜んでいる。

それは、快感の兆しなのだろうか。

「あ、アッ、あ!」

ねちねちと乳首を捏ねられてつい声を上げてしまった。

鋭い疼きが駆け上がってきて身悶えしてしまう。

やめて欲しい、そこを触らないで欲しい。

そそり勃つ尖りをねじられ、ひねられるとぷっくりと根元からふくれ上がっていく。

こんなのは自分の意思じゃない。

なにかおかしな薬を嗅がされ、敏感になり過ぎているだけだ。リウはさらに長い五指を胸筋に食い込ませ、ぐっぐっと揉みしだいてくる。

「う、あっ、や、め、やめろ……っ」

「どうです、この極上の胸は。男の欲望にすべて応えられる上物です。そのよさをさらにあなた方にお見せしましょう」

これを、と言って、リウは細い金色の鎖を取り出した。先端のクリップには煌めく石が嵌まっている。

「二十四金の鎖と最高級のダイヤモンドでできたニップルクリップです。このふくらみきった乳首をよりきわどく飾らせるアクセサリーを、あなたにつけてあげましょう」

言うなり、身動きが取れない北見の胸の両方に、リウはクリップを取り付ける。

「あうっ……あ……っ」

乳首の根元をクリップでぐっと挟まれると、全身の血が駆け巡り、頭の中まで熱くなった。右側より左側のほうがより敏感に感じる。

胸の谷間に落ちた鎖をリウが軽く引っ張ると、乳首はきわどくそそり勃って真っ赤に染まり、男たちの目を愉しませる。

「ほう、これはこれは……」

「男の乳首もいいものだ」

「肌が白いぶん、朱色の乳首が余計に映えるな」

男たちの嘲笑がぶんぶんと頭の中を駆け巡る。

リウはお構いなしに鎖をツッと引っ張ってはたゆませ、乳首への圧がゆるんだとホッとするのもつかの間、また力強く引っ張って刺激を深くしていく。

ぎりぎりのところで北見は留まっていた。

なけなしの理性をかき集め、どこかに逃げ場はないかと探るものの、四肢を固定されていてはそうもいかない。

「美しいですね。汗ばんだ肌に金の鎖がよく似合う。ダイヤモンドの輝きよりも、あなたの乳首のほうがよほど綺麗だ。胸がこうならば……下肢の具合はもっとよいでしょう。締まり具合を確かめて差し上げたいところですが、ここは闇オークション。最高の金額をご提示いただいた方に、この北見祐介をお譲りしましょう」

本名を摑まれていると知ってぞっとした。

クラブに入ったとき使ったIDカードには偽名を記してあったのに。

男たちの中に必死に同僚の顔を探した。羽川も拉致されているんじゃないだろうか。

彼もまた自分のような目に遭わされているのかもしれない。

そう思って目を凝らし、バクンと心臓が大きく波打った。後方の席でゆったりと足を組み、煙草を吸う男を。

「羽川……！」

声が届いたわけではないだろうが、羽川は気さくな感じで片手を挙げて応える。

ムカツクぐらいに鷹揚に。

この場を愉しんでいるかのように。その指先には煙草が挟まれ、紫煙が渦を巻いていた。

「お友だちのおかげであなたはここにいるんですよ、北見さん。よいご友人を持ったことで得も言われぬ体験ができて、至極しあわせなことですね」

「んぅ……っ」

リウの手が胸をことさらやさしくまさぐり、官能の糸を敏感に震わせる。

もう、がんじがらめだ。

リウの指先、声が四肢に絡みついて身動きが取れない。

じわじわと下肢にまで熱が忍んできて、痛いぐらいに張り詰めていた。

いま不用意に触られれば、ひとたまりもなく達してしまうに違いない。

「いや、だ、離せ……！」

「おや、お客様の前で達しそうですか？　乳首を弄られただけなのに。いまのあなたにとって私はまだ赤の他人ですよ。そんな男に胸をまさぐられて蜜を零してしまうほど、北見祐介さん、あなたはとびきりの淫乱ですか」

くくっと笑う声を呪い殺したい。

手を引け、いますぐ手をどけろ。俺が失態を犯す前にやめてくれ。

どうかすると哀願口調になりそうなのをじりじりと堪え、「……離せ」と声を絞り出した。

弱々しい抵抗だが、しないよりはましだ。

「いいえ、やめません。あなたはこのオークションでもなかなか入手できない極上の品だ。言い値で買うというお客様がどれだけ大勢いるか、あなたにもよくわかっていただかないと」

リウがすっと身をかがめて妙にやさしい声で囁いてきた。

「――そうでなかったら、潜入した意味がないでしょう?」

ぎくりと顔が強張る。

作り物のＩＤカードで入店したことを、このオーナーは知っているのだ。

しかし、闇オークションとはなんだ。ここは著名人御用達のクラブじゃないのか。

……噂には聞いたことがある。

表にけっして出ない裏ルートで取り引きされる品々がどこかにあるらしいと。

そこで取り引きされるのは盗品の宝石、絵画や、あるいは高純度の違法ドラッグだったり、密輸された銃だったり。

しかし、生きた人間まで取り引きするとは初めて知った。

それが、俺なのか。俺が金で誰かに売り渡されようとしているのか。

「さあ、取り引きを始めましょう。――五千万から」

「六千!」

「八千五百!」

「だったら一億だ」

わっと熱気が湧き起こり、呑み込まれそうになる。

男どもの純粋な欲望とぎらつきを肌に感じて、毛穴という毛穴がぶわりと開き、汗が噴き出していく。

肌を伝う汗さえも、艶めかしいものとして男たちには映るようだ。

「一億二千万！」

「一億五千万だ！」

尋常ではない金額があちらこちらから上がる。

上擦った声、断定的な声。

どれもこれも、青ざめつつも乳首を硬く尖らせる北見を、我が手に収めようとする獣たちの声だ。

「一億五千万。いい値ですね」

「二億出そう」

太い声が聞こえてきて、さらに汗が背中を滴り落ちる。

途方もない金額で売り飛ばされようとしている現実が呑み込めない。

ただ取材のために潜入したのに身元がバレて、どこの者とも知れぬ男に買われるのか。

目眩がしてくる。

頭ががんがん痛む。

嫌だ、嫌だと呪詛のように呟き、奥歯をがちがち鳴らす。

「二億……さらに上を行く方はいらっしゃいますか？　いらっしゃいませんか？」

「さ、三億出す！」

「おっと、一気に値が上がりましたね。よかったですね北見さん。あなたには三億の価値があるようですよ」

「三億なら問題ないだろう、な？」

ライトを弾いて、声の主はよくわからないが、でっぷりとしたシルエットをおぼろげながら把握した。

冗談じゃない。声からしても相当年配だ。あんな男の慰みものになってたまるか。

この期に及んでもなおも暴れる北見の活きのよさに客たちは一層昂ぶっていく。

二十七歳といえば男としてこれからだ。

若すぎず、年を重ねすぎず、肌には張りがあり、弾力も充分だ。体力も、容姿も——男たちの欲望にけぶる目がそう言っている。

——くそ、誰か、誰か！

視界の片隅で、男がのんびりと立ち上がった。

そしてポケットに入れていた手を挙げ、こともなげに言う。

「五億で落札だ」

「ご……」

「ごおく……？」

跳ね飛んだ金額に客たちが一様に唖然とする。

その男は背が高く、がっしりとした体格にスーツを着崩していた。この場にはまるでふさわしくない、朗らかな声だ。

「五億ですか。上を行く方はいらっしゃいませんか？」

場がしんと静まる。

二億、三億だって桁違いなのに、五億をぽんと出す者はそういない。

リウが、「こちらの方が五億で落札いたしました。おめでとうございます」と満足げに拍手する。

追随するのは圧倒され、悔し交じりの拍手。

「それでは引き続き、素晴らしい時間をごゆっくりお過ごしください」

声を合図に、幕が下りた。


汗みどろの北見が下着一枚の格好で荒い息をついているうちに、円形のステージごと下降していく。

びくっと身体が震えた。どうやらステージごとエレベータ形式になっているらしい。

地下一階分降りたところで台座は止まり、隣に立っていたリウが肩を抱き寄せてくる。

そこでようやく、足枷を外された。ただし、両手の拘束はそのままだ。

「さあ、あなたのご主人様がお待ちですよ」

「ご主人様ってなんだ。俺はモノじゃない。売られることも承諾してない」

NIPPON GINKO
10000YEN

「禁忌を破って敵陣に乗り込んだときから、ある程度のリスクは覚悟の上だと思いましたが」

北見の反論を意に介さないリウは、地下に伸びた長い廊下を歩いていく。

男ふたりで並んでやっと通れるほどの幅の廊下はどこまで続いているのか。

天井からはやわらかな灯りが射している。

両際に不均等に鉄の扉があった。

頑丈な構えらしく、中からはなにも音が聞こえてこない。こんないかがわしいクラブだ。なにをしたってバレないのだろう。

突き当たりの扉を開くと、意外にも広い部屋が待っていた。

オフホワイトとグリーンを基調とした部屋で、清潔だ。

二十畳ほどはあるだろうか。部屋の真ん中にはL字型のソファセットにローテーブル。

奥にはマホガニーのデスクと立派な革張りの椅子。卓上にはタブレットPCと百合の形をしたライトスタンドが置かれていた。

向かって左にはダブルベッドが置かれ、右にはもうひとつ扉がついていた。

「ここは私の執務室なんですよ。自宅はべつにありますが、仮眠を取れるようにしてあります。汗をかいたでしょう。まずはシャワーを浴びませんか。替えの下着とバスローブを用意してあります」

突然の展開が続きすぎて頭が追いつかない。

それに、背中の汗が確かに気持ち悪かった。

言われるがまま右の扉を開けると、広めのユニットバスがある。ここも掃除が行き届いていていた。

「タオルとバスローブ、下着です。ボディソープやシャンプーはお好きに使ってください」

やっと自由にされた両手に載せられたそれらを凝視し、北見は目の前の男を見上げた。吊り上げたくちびるがやけに艶めかしい。

乳首をつまんでいたダイヤモンド付きの鎖も外される。体温を吸収して、鎖は温かくなっていた。

「リウ……と言ったな。あんた、何者なんだ」

「ここのオーナーだと言ったでしょう」

「ほんとうにそれだけなのか」

「質問があるなら、あとでゆっくり伺いましょう。冷えたウーロン茶を用意しておきますよ」

そう言ってリウは外からぱたんと扉を閉める。

しばらくしてから、扉の向こうから優雅なしらべが聞こえてきた。クラシックがリウはよほどお気に入りらしい。

ため息をつき、のろのろと下着を脱いでバスタブに入る。

シャワーのコックを思いきりひねると、熱い湯が噴き出してきた。ざあっと肌を打つしずくを顔中に受け、しばしそのまま突っ立っていた。

いったい、なにが起きたというのだろう。

吉里えみと渡辺哲樹の密会写真を撮るためにここに来たはずだ。

そう、同僚の羽川の誘いに乗って。

ゲストのＩＤカードを渡され、難なく潜入に成功し、席に着いた。バーボンのロックを呑み、トイレに立ったところ、あの男、リウが突然現れた。

そして、鼻に布のようなものを押し当てられたのだ。

驚きのあまり一気に吸引してしまったことで、布に染み込んだ薬剤が急速に身体に回ったのだろう。

あれで昏倒させられ、気づいたら四肢の自由を奪われた上に、大勢の男たちの前で醜態を晒し、五億というとんでもない金額で他人に売り飛ばされた。

一連の流れを反芻してみるが、まだ現実のものとは思えない。

大がかりな仕掛けにハマっているだけではないだろうか。

シャワーを浴び終えたらリウが『全部冗談ですよ』と言うとか、フロアで笑っていた羽川が『ごめんごめん』と言ってくるとか。

だとしたら、なぜこんなにも手の込んだことをするのだろう。潜入取材を戒めるためだとしてもタチが悪すぎる。

――あの客の男たちは？　あれも金で雇われていたとか。

ボディソープを泡立て、胸を探ったところでビリッと甘痒い痺れが走り抜ける。

そうだ。ここを触られたのは嘘じゃなかった。

クリップまでつけられていたのだ。

乳首の谷間を走る鎖の感触がいまだに生々しい。

リウは執拗に胸をいたぶり、じくじくとした疼きを植えつけた。

その狂おしい熱はまだ体内にわだかまっていて、どうかすると下肢がまたも昂ぶりそうだ。

ここで簡単に弄って放ってしまえばいっそすっきりするのだろうが、扉一枚隔てた外にはリウがいる。こんなところで惨めな思いはしたくない。

どうにか衝動をやり過ごし、全身を綺麗に洗い終えた。

バスローブを羽織り、タオルで髪を拭いながら扉を開けると、デスクに向かっていたリウは左手に煙草を挟み、顔を上げる。

「すっきりしましたか。喉が渇いたでしょう」

「……まあな」

「それでは冷えたウーロン茶を。ああ、なにも混ぜませんよ。缶のウーロン茶を出します。ほら、ソファに座ってください」

まだ感覚のない足でソファに近づき、ぽすんと腰掛ける。

すぐに目の前に冷えた缶のウーロン茶が出された。

プルトップをまじまじ見るが、妙な仕掛けを施された形跡はない。

腹を決めてプルトップをこじ開け、半分ほど飲み干す。熱く渇いた身体にウーロン茶が染み渡っていく。

「お疲れになったことでしょう。すぐに休ませてあげたいところですが、譲渡の手続きが待っていますからね。それがすんだら、あなたのご主人様の家で羽を伸ばしてください」

「ご主人、様……ってなんだ。なんなんだ。俺はほんとうに売り飛ばされたのか?」

「ええ、ほんとうに。五億でね。相手の身元は保証しますので安心なさってください。年齢は三十五歳。暮らしぶりはいいし、真っ当な性癖です」

「なに言ってるんだ、あんたは」

馬鹿のひとつ覚えのように繰り返してしまう。

この世のどこに真っ当な性癖を持ちながら、五億で男を買う人間がいるのか。

しかしリウはちらっと笑っただけで煙草をさも旨そうに吸い込み、煙を細く、長く吐き出す。

洗練されたその仕草につかの間見入ってしまった。

自分が彼と同じ年齢に達したとしても、あんな身のこなしはけっしてできそうにない。

リウ自身がとても恵まれた暮らしを享受しながらも、どこか内面に崩れたものを持ち合わせているような、酷な影がときおりその面を横切るから目が離せない。

「あんた、日本人じゃないよな」

「広州で生まれ育ちました。広州はご存じですか」

「ああ」

北京、上海に続いて中国三大都市のひとつだ。自動車産業の発展、食を誇る都市でもあるし、日本人が観光でもよく訪れる街だ。

北見自身は訪れたことがないが、中国出身の芸能人や文化人に触れるとき、広州の話題はよく耳にする。

「それにしては……日本語が堪能だな。早くからこっちに来ていたのか」

「若い頃からたまに来日していました。大学時代はスイスで過ごしましたが、もともと日本がとても好きでしてね。いつかここでビジネスを展開しようと思っていたんですよ」

「――で、このクラブを？」

「ふふ、クラブなんて余興ですよ、北見さん。私のほんとうの仕事はべつのところにちゃんとあります」

くゆる紫煙の向こうに微笑む男がいた。

頭の切れる中国人らしい発言に顔を顰める。計算も速く、知識や好奇心が旺盛な中国人とは仕事でも介することがあるけれど、リウの存在感はずば抜けている。

まだ出会ってからそう時間は経っていないが、この男を舐めてかかったら相当ひどい目に遭わされそうだ。

用心してかからないと。

ごくりと息を呑み、飲み干したウーロン茶の缶を強く握り締めたところで、扉が数回ノックされる。

リウが卓上のスピーカーに向かって微笑む。

「解錠しました、どうぞ」

続いてがしゃりとノブが回り、隆としたひとりの男が室内に入ってきた。

鮮やかなブルーのスーツを着こなした、アッシュブロンドの髪の男だ。地毛ではないだろうが、男の彫りの深い華やかな相貌とよく似合っている。

あの羽川と立って並んだらいい勝負をしそうな鍛え抜かれた肢体だが、スラックスのポケットに両手を突っ込み、わざといいスーツの線を崩している。

彼からもまた恵まれた世界の匂いがするけれど、鋭さが際立つリウとは違って、この男には余裕がある。

「初めまして、と言ったほうがいいね。君を落札した井上巧という」

井上は生粋の日本人らしいが、さりげなく右手を差し出してきた。

それが握手を求めているものだと理解するまでに十秒ほどかかり、北見はふいっと顔を背けた。

誰がこんな茶番につき合ってやるものか。

「おや、初っぱなから嫌われてしまったかな。紳士的に接しようとしているつもりなんだが。僕は陰湿なリウとは違うよ。君を本気で愛でたいと思ったから五億で競り落とした」

「でも、この気性の荒さもめったにないものでしょう？　唯々諾々と状況を呑み込むような男ではつまらないと、日頃から井上さんが言っていたんじゃありませんか」

「確かに。最近の奴はどいつもこいつも初手から怖じけて腑抜けてしまうからね。嚙み砕く愉しさを味わうなら、すこし強情なほうがいい」

空恐ろしい会話が頭の上を素通りしていく。

「……ほんとうに、……俺は売られたのか。冗談だろう？」

「いいえ、残念ながら本気です。私の店ではときおりああした闇オークションを開催しますが、あなたはこれまでの中でもとびきりの逸品だった。乾いた絵画よりも硬いだけの壺よりも、瑞々しく張り詰めた生きた男を売り買いできるなんて、店を開いた甲斐がありますよ」

「俺が認めないと言ったら？　人権侵害も甚だしいだろこんなの」

「コソコソひとの後を嗅ぎ回って、秘密をバラすあなた方マスコミのほうが、よほど人権侵害していると思いますがね」

「いいじゃないか、人生は長い。たった数か月、数年でも誰かに熱心に囲われるという体験をするのも悪くないはずだ。北見君、僕に買い取られることを了承すれば見識が広がることは約束するよ」

「馬鹿を言うな！」

飛躍した論理には到底ついていけない。

彼らは次元の違う話をしているのだ。

挑発に乗るだけ損だと思うのに、磁力の異なる男ふたりに両側に立たれ、思わず身が竦む。

右手にリウが、左手に井上が立ち、同時に北見の肩を摑んでソファに押し戻す。

「なあリウ、契約書にサインする前に彼の貞操を確かめたい」

「いまここでですか」

「ここで。彼が手つかずのバージンだということがわかれば、僕も愛し甲斐がある。なんたって北見君の最初の男になるんだからね。できるかぎり痛い思いをさせずに天国を見せてあげなければ」

全身がそそけ立つような言葉をさらりと吐いた井上が、うなじにすうっと手をすべらせてくる。

たったそれだけで、ずくんと身体の最奥が強く疼いた。

自分の身体の鋭敏さにぎょっと目を剝き、即座に立ち上がろうとしたが、寸前で両側から押さえ込まれた。

リウの手が鎖骨に食い込み、井上の手が肩をやさしく包み込んでくる。怖くて怖くてたまらないと言ったら、彼らは離してくれるだろうか。

だけど、ほんとうの気持ちだ。こんなに過敏ではなかったはずだ。

「なにしたんだ、あんたたち……！」

「なにって、あなたを売っただけですよ」

「僕は君を買っただけだ。あらためて聞くまでもないが、北見君、男との経験は？」

「ないに決まってるだろ！　手を離せ！」

「思ったよりじゃじゃ馬ですね。そこもたまらない。ここまで来て抗っても無駄なのに。ねえ北見さん、あなたはね、これから男を愉しませる身体に作り変えられていくんですよ。……ふふ、もっとも、それより先にあなたのほうが男の味を覚えて我慢できなくなるでしょうがね」

「そうだな。せっかくの上玉だ。僕たちが手を尽くして彼を感じさせてあげなくちゃ」

「犯罪だろこんなの！」

「そう、そうかもしれませんね。本人の意思を無視して取り引きを進めることは犯罪になるのかもしれません。――でも、あなたが先に飛び込んできたんですよ。赤の他人の口車にうかうかと乗って。ついでに言えば、この事実を覆しがたいものとするために、ここから先の行為はすべて録画します。もう、元の世界に戻ることができないように」

どこかにビデオカメラが設置してあるのか。

忙しなく目を走らせるが、これというものは見当たらなかった。

室内の至るところに監視カメラを取り付けてあるのかもしれない。

淫靡な声とともに、ぐっとバスローブの前をはだけられ、肌があらわになる。

「くそ、赤の他人って……はが、わ、の、こと、か」

言っているそばから息が切れる。先ほど飲んだウーロン茶になにか混ざっていたとは思えないから、ステージに出されたときの薬の効果がまだ残っているのだろう。

ぎらぎらとまばゆいライトが照らす中で、散々胸の尖りを嬲られたことを思い出すと下肢がじんと火照り、無意識に揺らめいてしまう。

屈したくない。

それよりもなによりも喘ぎたくないのに、ふたりがかりで押さえつけられて、「まずは僕から」と笑った井上に乳首を食まれると、勝手に、あ、あ、と湿った声が漏れ出た。

そこはステージの余韻が残っており、舌先で軽くつつかれただけでピンと反り返る。

「まだまだ初々しい乳首だ。女性よりもちいさくて、なのにまるっこくて、薄ピンクだ。君、女性との経験もほとんどないだろう。もしかして童貞だったりして」

　井上がくすりと笑って、ちろちろと舌をくねらせながら乳首を舐り、根元をぎゅっと噛んだ途端、ビリッと甘い刺激が走り抜けた。

「あ……！」

「抜群の反応だ。リウの薬がよく効いているみたいだね」

「それでも、井上さん、手つかずの身体ですよ。こんなにも極上だったとは……やはり私の目に狂いはなかった。井上さん、あなたが落札してくれてほんとうに助かりましたよ」

「どういたしまして。昔からの友人だろ？」

　気の狂ったような言葉を交わす男たちは、片側ずつ北見の乳首を弄り回す。

　リウは指で大胆に、井上は舌で繊細に。

　ステージに立っていたときのリウは手袋を嵌めていたが、いまは素肌だ。

　しっとりとした指先でくるくると円を描き、ぷくんと先端が尖ると面白そうに押し潰してくる。

「せっかくだから、もっと快感を強めてみましょうか」

　リウがジャケットのポケットからピンク色をした小型のクリップらしきものを取り出し、ふくらみ始めた北見の乳首を挟み込む。

　一見、洗濯ばさみのように見える。シリコンでできているらしく、接着面は案外やわらかだ。

　両のクリップはコードで繋がれており、その先のコントローラーをリウが握っている。

　むずむずする違和感しかないのに、リウがカチリとスイッチを入れた途端、ブゥン……と低い音とともにクリップが振動し、「あ……！」と声を上げてしまった。

「十段階の刺激がありますが、バージンの北見さんには二段階目でも強烈なようですね」

「い、や、っあ、あ、っあ！」

尖りをじわじわ苛む刺激に気が狂いそうだ。

乳首をがっしりと挟み込み、じりじりとした快感を与えてくる。その快感は下肢にも伝わり、全身に汗が滲む。

ついさっきまでなにも感じなかった乳首が、またたく間に性感帯に変えられている。

リウが再びスイッチを押す。もう一段階刺激が強くなり、ビクンと身体が跳ねた。

痛いはずなのに――むず痒い。

狂おしいまでの快感が身体中に渦巻いて、ともすれば乱れてしまいそうだ。

「や、っめ、……やめ……ろ……」

「ほんとうにやめていいんですか？　最初からこんなにぴくぴくする乳首を持った男には初めて会いましたよ」

「僕もだ。ああ、やっぱり噛みたいな。リウ、クリップを外してくれる？」

「はい」

乳首からクリップが外されたあともじんじんとした苦しいまでの快楽がそこに灯っている。その機を逃さず、すかさず井上が先端をちゅうっと吸い上げる。

「ン、ぁ、あぅ、っ」

「噛み心地が最高だな……根元をこうやって噛み締めると、僕の口の中で君の乳首がますます硬くなる」

言葉通りに前歯で乳首の根元を執拗に扱き、充血しきったところで先端だけ舌先でくちゅくちゅ転がされると、奇妙な疼きに襲われて露骨な声を出してしまいそうだ。

「や……だ、いや……だ……！」

「……反応が変わってきた」

井上が嬉しそうに言って、乳首を吸いながら下肢にも手を這わせてくる。

「やめろと言い続ければ、やめてあげたかもしれないのに」

冗談交じりに囁く井上が顔をずらし、もう下着の中でギチギチになっている肉茎の先だけをはみ出させた。

「はは、もうぬるぬるじゃないか。口ではあんなに否定していても、さすがリウのお眼鏡にかなっただけのことはある。北見君、君は僕が見てきた男の中でもとびきりの淫乱だよ。その証拠に――」

「ツ、あ、あ、ああ、あっ！」

下着の縁をずらして先端だけパクリと咥え込まれ、圧倒的な熱に襲われて北見は弓なりにのけ反った。

だめだ、こんな反応。

彼らを面白がらせるだけではないか。

せめて声を殺すとか、腰をじっとさせているとかできればいいのに、そのどちらもできずじまいで、北見は激しい快感に放り込まれていた。

正直、口淫なんてされたのは生まれて初めてだった。

性欲は普通にあるが仕事が忙しいし、風俗に行く気は端(はな)からない。

金を払って女性を買うという行為が、なぜか自分では許せないのだ。仕事柄、多くの痴情(ちじょう)のもつれを見てきているからだろうか。

二十七にもなってひとつの経験もないとこいつらが知ったら、手を叩(たた)いて喜ぶに違いない。

だから絶対に言うまい、口に出すまい、態度で示すまい――そう固くこころに念じるのに、じゅうっときつく口輪をすぼめられて、くびれをちろりと分厚い舌の表面でなぞられれば、一巻の終わりだ。

「ン、ん、ッ――……！」

数秒も持たずに井上の口腔内(こうこうない)に放ってしまい、どっと汗が噴き出す。

どうにか止めようとしても生理的な欲求に理性は効かない。

どくどくと射精(しゃせい)し続け、たかが三十分前に顔を合わせたばかりの男の口の中で果てた。

「もぉ……はなせ……いいだろ……！」

井上の口の中でどろどろに溶けていく己(おのれ)を認めたくない。

一度達したばかりなのに、今度はその舌が尖り、浮いた肉筋をくにくにと辿って双玉に落ちていくものだから、北見は息を呑み、彼の頭をぐしゃりと摑んだ。

「もお……でない……っ離せ……！」

「嘘を言ったらだめだよ北見君、君のここはまだまだ美味しい蜜でいっぱいだ。僕らがうんと搾り取ってあげないと。君は最初の行為で何回イけるかな？　射精し尽くしたあとでも、もっと身体中が疼くような快感が待っていることを君は知っているのかな？」

末恐ろしいことを聞かされたあとで、井上にひょいっと抱き上げられ、片隅のベッドに運ばれる。

どう暴れても無駄で、気がついたらベッドに組み敷かれていた。

リウがあとを追ってきて、ベッドの端にぎしりと腰を下ろす。

井上にバスローブを剝ぎ取られ、全裸になった北見は内腿に力を込めるのだが、それすらもリウに押さえ込まれる。

「そう怖い顔をしないで。気持ちいいことをしようとしてるだけなんだから」

「くそ……！」

なじっても、両足は開かれていく。

その奥へ井上が顔を寄せ、きつく締まる窄まりに舌をくねらせてきた。

くちゅりと密やかな音を立てて小孔をつつかれ、ぞくっと背筋が撓む。

そんなところ、自分でもろくに触ったことがない。

「リウ、香油を」

「はい」

ベッドのヘッドボードに置かれた小瓶をリウが手渡す。

琥珀色の液体が詰まったそれを手のひらに傾けながら、井上がやさしく微笑みかけてきた。

「これはね、君のここをやわらかく解すのと同時に淫らにもなれる効果を持っている。存分に乱れて欲しいな。最初の男が忘れられないようにね」

爽やかな口調とは裏腹に、とろりとした香油を指先にも広げて、入口をじっくり責め込んでくる井上の声が怖い。

「ッ……！」

最初は違和感しかなかった。

排泄器官であるそこを弄られても不快なだけだと思うのに、香油にはどんな成分が含まれているというのか。

次第にぴりぴりと軽く痺れてきて、じっとしていられない。

「ぁッ……ぁッ」

中が、ひくつく。奥のほうで肉襞が蠕動する。

井上が窄まりの周囲を丁寧になぞり、じわじわと疼きを煽りながら、そうっと指を一本挿し込んできた。

「う……！」

「最初から甘く締め付けてくれるなんてね、いい子だ」

覆い被さってきた井上が頬にくちづけてきて、ねっとりと蕩け出す中をぐるりとかき回してくる。

気落ちが悪い、むず痒い――重たい。

そう、重たいのだ。

探られれば探られるほど奥のほうがもったりと重くなり、ひくつくのが自分でもわかる。

「ん、んぅ、ァ、っ、ぁ――っぁ」

声がすこしずつ変化していった。

認めたくないが、愛撫(あいぶ)をねだるような声だ。薬と香油のせいだろう。

指がゆっくりとくねり挿(はい)り、肉襞を撫(な)で上げていく。

入口から、奥へと。

信じられないが、それがひどく気持ちいい。

腹の底に溜まるような快感は、どうやって解放すればいいのだろう。

悶(もだ)えながら井上の指から逃(のが)れようとするのだが、リウに顎(あご)を摑まれていて敵(かな)わない。

「あ――ん……っん……ぅ……ぅ……く……ぅ……っ」

「だいぶやわらかくなってきたね。いい感じだ。もうすこし指を増やそう」

二本目、三本目の指がずぶずぶと挿ってきて、肉壺をかき回す。

やめろ、やめてくれ。もう触るな。これ以上、俺をかき乱すな。

必死の願いも、孔の上側を指の腹で擦(こす)り上げられることで破(やぶ)られた。

「え、あ、っ、あっ……！」

「見つけた。君のいいところだ」

井上がくちびるの端を吊り上げて、ぐっと指を押し込んでくる。

そして、もったりと腫れぼったいそこを意地悪く擦りながら熱を孕ませ、指を抜き挿ししてくる。

嫌だ、嫌だと拒んでも身体は正直に応え、男のために開かれていくようだった。

「ゥ——く……っんん……あ……は……ぁ……っ」

身体をよじらせればよじらせるほど、シーツに擦れる背中が熱い。

リウが髪をやさしく梳いて様子を逐一見守っていた。

北見が平凡な男から、特別な雌に変わっていく様を。

もう、堪えきれない熱の塊が最奥でふくらんでいた。

それを指で——いやもっと確実にイけるようにとどめを刺して欲しい。

狂おしいほどに昂ぶり、腰を浮かせた。

それでわかった。性器がまた反応し、硬く引き締まっている。

先端からはとろとろと透明なしずくが零れ続け、井上たちの悪巧みを誘っている。

「いや……っ！」

「そろそろいい頃だ」

井上が身体を起こし、スラックスの前をくつろげる。

そこから現れたのは根元から雄々しく勃ち上がる肉棒だ。

筋が太く浮き出し、カリも大きく張り出している。

先端が淫らにぬめり、待ちきれないようだ。

井上は自らそこに香油を塗りつけ、二度三度、竿を扱くと、腰を沈めてくる。

北見のそこに漲った先端をあてがい、これ以上ないほど楽しげに微笑みかけてきた。

「僕はリウと違って君を痛めつけたりしない。約束しよう。最初からきちんと果てさせてあげるよ。——中でね」

「う、あ、あ、……あぁ……！」

ずくずくとねじ込まれる男のものが、火傷するほどに熱い。

先端ですら呑み込むのがやっとなのに、井上の巨根は未熟な襞をたっぷりと擦り、時間をかけて埋めてくる。

凄まじい圧迫感に息が切れた。

いいとか苦しいとか、なにも言えない。ただもう呼吸するのがやっとで、彼を受け入れるのだけで精一杯だ。

それでも、カリが先ほど指で散々嬲られたところを掠めると、「ッ」と声にならない声が上がり、身体が跳ねる。

じゅわりと重い蜜が身体の最奥から滲み出すような感覚に戸惑い、くちびるをわななかせた。

嘘だ、こんなの悪い冗談だ。

すこしでも悦いと感じ始めているなんて。

広げられて、貫かれているのに、罪深く疼くのはどうすればいいのだろう。

腰をよじってもよじっても突き刺さる肉竿は抜けず、それどころかもっと深々と挿し込んでくる。

「……い……っ」

「ん？」

「北見さん、どうかしましたか」

井上とリウが興味津々な顔でのぞき込んでくる。

やめろ、俺の痴態を見るなと怒鳴りたいが、ずずっと押し込まれて引き抜かれ、繊細な臓腑を抉るような動きにとうとう啜り泣いた。

「……いい……あぁっ……いやだ……ぁ……っ」

「可愛いな君は。昂ぶると泣いてしまうのか。ますます僕好みだ。……ほらごらん、やっと全部挿った」

根元までぴっちりと埋め込まれ、互いの陰嚢がぶつかり合っている。

井上がリズムをつけて抽挿を始めると、はっはっと息が切れ、肉襞が淫らにくねり動き、男を淫らに搦め捕っていく。

いま止められたら、ほんとうにおかしくなる。

こんな鮮烈な感覚は初めてだ。他人が——しかも男が、この身体の中に入ってくるなど、たったいまも信じがたい。

けれどだんだんと抜き挿しが激しくなると、そうも言っていられなくなる。

北見の締め付けのきつさに井上も限界だったのだろう、素早く北見の前に手を回して扱き、ひと息に高みへと追い上げた。

「あ、っ、あ、イく、イく、出る……っ！」

「僕もだ」

寸前、リウがじゅうっと乳首に吸いついてきたことがスイッチになった。

ぱっと弾けるような射精感とともに身体が大きく波打ち、欲望を解放する。

どろどろと身体が燃え上がるような感覚に襲われながら放つのとほぼ同時に、井上も最奥に亀頭を淫猥に擦りつけてどくんと撃ち込んでくる。

ぶわりと広がる熱の塊に、涙混じりの目を瞠った。

出された、中に——男に中で出された。

屈辱と、言い知れない快感がない交ぜになって、いいように北見を振り回す。

「いいイき顔ですね……あとでビデオを見返すのが楽しみだ」

リウがちゅっちゅっと乳首にくちづけ、井上が満足そうに舌舐めずりする。

「もう一度愉しめるかな？」

「じょ、……冗談言うな」

だけど押さえ込まれた。井上は北見の中でさらにグンと大きくさせ、ゆったりと腰を遣ってくる。

彼が放ったものがヌチュヌチュと卑猥な音を響かせていた。

リウは相変わらず乳首に執着していて、またクリップを手に取っている。

北見はといえば、このどうしようもない恥辱をけっして忘れまいと憎悪を滾らせる反面、堕ちていくような快感の底でもがいていた。

もう、あとには戻れない。

4

「ここが当面の君の部屋だ。安心して暮らすといい。家電はなんでも揃っている。自炊はするほうかい？　外食が多い？　デリバリーも選び放題だが、たまには僕が作ってあげよう。枕、君の好みに合うといいんだが」

夜更けまでリウと井上に抱き尽くされ、その後ふらふらの状態で連れてこられたのは、クラブからほど近い麻布にあるマンションの一室だ。

ここが井上の住まいらしい。低層階の無駄に広いマンションは7LDKもあり、そのひとつの洋間に北見は押し込まれた。

いますぐベッドに横になりたかったが、彼らの体液、自分の汗でべたべたになった身体が気持ち悪い。

低くそう抗議すると、洋間と繋がるこぢんまりとしたバスルームに案内された。

ユニットバスだが、清潔で使いやすそうだ。

そこで全身を洗い流し、ぼうっとしながらバスローブを羽織って出ると、八畳ほどの洋間に置かれたダブルベッドに井上が腰掛けていた。

「冷たい炭酸水を持ってきた。喉が渇いているだろう。心配しなくていい、おかしな薬は入れてない」

どうだか。

疑いだしたらきりがないけれど、渇望感に負けて彼の差し出すグラスを受け取り、口をつける。しゅわしゅわと弾ける冷たい炭酸水が爽やかに喉をすべり落ち、ようやく人心地ついた。

室内で目立つのはベッド、テレビ、テーブルに椅子、チェスト。

窓はあったがカーテンを開いてみると鉄格子が嵌め込まれていた。白とグレーでまとめられたシンプルな内装だ。

「俺をどうするつもりだ。監禁するつもりか」

「いや、ある程度の自由は与えるよ。君は今日から僕のものだ。しばらくの間はここから会社に通ってもらう。ほら、これが鍵だ。特殊な鍵だからなくさないようにね」

井上はすでにワッフル素材のパジャマ姿だった。

「……どうして俺がこんな目に……。俺を落札するなんて馬鹿な真似をして、どうするつもりなんだ」

「それはもうこころを尽くして僕たちのものにしていく。欲を言えば僕だけのものにしたいけどね。リウたっての願いだから、君を五億で競り落としたんだ。傷ひとつつけずに愛し抜くと誓うよ」

「愛？」

はっと息を吐いて皮肉交じりに笑う。なにが愛だ。大勢の前で辱めて巨額で競り落とし、モノのように扱ったくせに。

「……羽川はどういう役目を担ってるんだ。あいつが無関係ということはないだろう」

「それは今日、君自身がオフィスで彼に訊くといい。彼もやきもきしているだろうからさ。さあ、今日はもう休んだほうがいい。ずいぶんと疲れただろう。おやすみ、北見君。起きたら朝食を作ってあげるよ」

力なくベッドに横たわる北見の頬にひとつキスを落として、彼は出ていく。外からかしゃりと鍵の閉まる音がして、そうか、やっぱりそういうことかと内心嘆息する。

閉じ込められたのだ。軟禁されたのだ。

なぜこんなことになったのか。

羽川には問い質さなければいけないことが山のようにある。

このくだらない契約を即座に解除して家に帰りたい。

だけど、痴態の限りを録画しているとリウが言っていた。あれがもしほんとうだとしたら？

スプリングの効いたベッドで考え込んでいるうちに、泥のような眠りに引きずり込まれた。

昼前に出社すると、羽川は自席で原稿チェックしているところだった。

彼の逞しい背中を睨みつけ、「おい」と言って彼の肩を乱暴に摑む。

井上のほうも気配に気づいていたのだろう。とくに驚いた顔をせず、振り向いた。

「——だいぶ寝不足のようだな。ひどい顔をしてるじゃないか」

「うるさい。話がある。外に出ろ」

「俺は忙しいんだよ。見てわからないか」

「いいから早く。いますぐに」

「……へいへい。ったく、自分の置かれた立場がわかってんのかよ」

ぼやく彼を連れて会社を出て、すこし離れたところにあるカフェに入った。

三階部分は喫煙可でひとがおらず、そこに互いにコーヒーを持って上がる。

窓際の隅の席に陣取り、電子煙草を取り出した。会社に入った当初に覚えた喫煙癖はなかなかやめられない。

ニコチン多めのブランドを肺の奥まで吸い込み、紫煙を吹き上げる。

羽川は普段は紙巻き派だが、やはりこういう場所では電子煙草を吸う。

「おまえが仕組んだことか」

「は？」

「昨日のクラブの件だ。潜入取材の件も、ＩＤも、おまえが偽造したのか。リウとはどういう関係だ？　井上とは？」

「そんなこと知ってどうする」

「どうもこうもない。いますぐ話せ」

「おまえ、俺にそういう口を利いていいのか」

鋭く切り返されて言葉に詰まるのが悔しい。

昨晩、羽川がいたのはあのフロアまでで、以後に起きたことは知らないはずだ。

「……あのオークションは見てただろ。なんで止めなかった」

「そりゃあんなおもしろいものを止める馬鹿もいないだろ。よかったぜ、いつも取り澄ましてるおまえが、乳首を弄られてアンアン喘いでる様ってのは——」

「黙れ！」

聞き捨てならない言葉を封じ、ぐっと身を乗り出した。

羞恥が身体中を駆け巡ってアドレナリンとなり、皮膚がぴりぴりと痛むぐらいだ。

「おまえとリウはどういう関係があるんだ……」

ふと気づくと同僚はスマートフォンに視線を落としている。

急ぎのメールかなにかかと思ったが、そのくちびるの端が吊り上がっているのを見て神経がひりつく。

「ひとの話を聞いてるのか？　羽川、おまえ」

「よく撮れてるじゃないか」

目の前にスマートフォンを掲げられた。

消音モードにしてある画面に映る映像をひと目見て、思わず息を呑んだ。

声もなく絡み合う三人の男たち。真ん中にいるのは——自分。

ベッドに座った井上に背中から抱えられ、両足を大きく広げている。

そそり勃ったものも、男を咥え込んでいる秘所もあますところなく映しており、横からリウの手が硬く尖った乳首をつまみ上げている。

「散々お楽しみだったようだな」

「おまえ、これ……こんなのどこで！」

「さっき送られてきたんだよ。リウと井上はよかったか？　おまえ、男は初めてなんだろ」

「……ッ」

「黙るところを見ると当たっているらしいな。こんないかがわしいムービーが社内中に出回ったら、どうなるんだろうな。仕事のできる将来を期待された芸能部のエースが、じつは男に溺れる淫乱だったと皆が知ったら」

「や……、やめろ。頼むからやめてくれ」

一瞬にして形勢逆転したことに気づき、声が弱々しくなってしまう。

腸が煮えくりかえるほどの憤怒を感じているのに、羽川を黙らせることもできない。

いや、してもよかった。

一発殴ってスマートフォンを奪い、この場を立ち去ってもよかったのだが、羽川もリウたちも馬鹿じゃない。

映像は際限なくコピーされ、繰り返し送られてくるのだろう。

底なしの沼に嵌まった気分だ。

暗く深い闇にずぶずぶと足を取られ、無様にもがく自分を脳裏に描いて、思わず呻いた。

羽川の意図がまったく読めず、困惑してしまう。

力を合わせて仕事していた時期もあったのに。

同い年ではあるが、考え方も仕事のやり方もまったく違う。

北見は事件に結びつく事柄だったら、どんな細い糸でもたぐり寄せるタチだが、羽川は真っ向からぶつかるタイプだ。

その違いは取材方法にも如実(にょじつ)に表れ、結果的に北見が『週刊桜庭』で立て続けにスクープ賞を獲ったことで、ふたりの溝は到底無視しきれないものになった。

北見がいくら協力を仰(あお)ごうとも、彼のほうでは冷笑を返すだけになったのだ。

——昨日のクラブのゲストパスを渡してくるまでは。

「どうしてなんだ羽川、どうしておまえがこんなことに加担(かたん)するんだ……俺を嫌っているのは知ってた。疎(うと)ましかったんだろう。だから罠(わな)に嵌めたのか」

「そうだ、俺はおまえを心底憎(にく)んでるんだよ」

地を這うような低い声にのろのろと顔を上げる。そこには、静かな怒りを宿した羽川の顔があった。

「なんでそこまで憎んでいるのかって聞きたそうな顔だな。ま、時間はたっぷりある、昼に話す内容じゃないだろ」

あくまでもこの場は羽川が仕切っていた。

社会的地位ばかりか、身体まで貶(おとし)めようとしている羽川の真意がどこにあるのか知りたい。

しかし、知ったら二度と元に戻れなくなる恐れがある。

「俺だっておまえを踏み散らしたいが、おまえを買い上げたのは井上さんだからな。まだ当面はお預けだ。そのうちじっくりと叩き込んでやる」

思ってもみない言葉に絶句した。

彼がこんなあからさまなことを言うなんて。

「……教えてくれ、羽川は以前からリウたちと面識があったのか？　最初から俺を売る算段を立てていたのか？」

「そうだ」

断言して、羽川は立ち上がる。ほとんど飲んでいないコーヒーカップを片手に「じゃあな」と立ち去る寸前、「ちゃんと井上さんのところに帰れよ」と耳元で囁いてきた。

「……羽川！」

同僚はもう背中を向けて歩き出していた。

冷めていくコーヒー。吸いかけで終わってしまった煙草。

そのどちらにも手を出すことなく、北見はひとり取り残され茫然としていた。

暗渠が待ち構えている。

「やあ、おかえり。言いつけを守ってちゃんと帰ってきたようだね。いい子だ」

無言の北見を井上が陽気に出迎える。

よほど強靭な性格をしているようで、こっちの機嫌などお構いなしだ。

わざとぞんざいに靴を脱ぎ、あてがわれた部屋に向かおうとしたところ、腕を取られた。

「夕食がまだだろう。一緒に食べよう。君のために作って待っていたんだ」

なぜそんなに楽しげなのか。

いい年をした成人男性を振り回すのがそんなにおもしろいのか。

嫌味を言ってやりたいが、ジャケットのポケットに入れてあるスマートフォンの存在を思い出し、口をつぐんだ。

ここに帰ってくる必要は一ミリたりともなかった。

逃げ出してもよかったのだ。

電車で、タクシーで、いや、飛行機や新幹線を使って遠いどこかに逃げ出せば——しかしそんな北見の懊悩を見抜いたかのように、リウから気まぐれにメールが届いたのだ。

たぶん、仕事の合間に面白半分に送りつけてきているのだろう。

北見が動揺するか、無視するか、様子見をするために。

昼間、羽川に見せられたあの卑猥な動画付きで。

タイトルも本文もなし、ただ画像が繰り返し送られ、そのたびに北見は昨日の醜態をまざまざと蘇らせられ、言葉を失した。

こちらのアドレスは羽川がバラしたのだろう。

だったらスマートフォンを捨てて単身どこかに、とも思ったが、リウ、井上、羽川の三人が揃ったら地の果てまで追ってきそうだ。

なんとかこの状況を覆せないものか。

馬鹿な望みではあるがそんな気持ちを抱え、乗り慣れない路線でここ麻布の井上のマンションに戻ってきた。

合鍵であるカードキーは朝、出社前に渡されていた。

「ポトフだ。君の嫌いなものはあるかな？　ニンジンとか」

「べつに」

無造作にネクタイをゆるめ、四人掛けのテーブルにどかりと座る。

広いダイニングルームは十二畳ほどあるだろうか。

続くリビングは約二十畳とかなりゆったりしている。

大型テレビにステレオセット、観葉植物のドラセナが瑞々しい葉を艶めかせている。このほかにも井上の仕事部屋にベッドルーム、ゲストルーム、そして北見を押し込めている部屋に書庫、クロゼットルームまである。

モノトーンの落ち着いた色彩でまとめられた室内は、間接照明で照らされていた。三十代の男のひとり暮らしとしては、それなりに趣味がいい。

「あんた、どういう仕事してるんだ」

　麻布という一等地の高級マンションをひとりで維持しているからには、相当稼いでいるのだろう。

「いろいろやってきたけど、いまはデイトレーダーだね」

　シャツにパーカーというラフな格好の井上が手際よく配膳し、北見の前にもポトフの皿と赤い艶が綺麗なトマト、そしてバゲットを並べる。

「美味しくできたんだ。温かいうちに食べよう」

　ほとんど見ず知らずの男の手料理なんて食べられるかと言いたいが、かすかに腹が鳴る。

　意地を張ってハンガーストライキを起こしてもいいのだが、明日も仕事がある。

　もぞり、と身動ぎし、ナイフとフォークを手に取った。

　一瞬、このナイフで彼に襲いかかろうかという考えが頭をよぎるが、ちらりと見たかぎり、井上と自分とでは体格差がありすぎる。

　井上の逞しい体躯は厚みがある、些細な抵抗など易々とねじ伏せられそうだ。

　逆に返り討ちに遭うかもしれないと嘆息し、諦めて切り分けたジャガイモを口に運ぶ。コンソメがよく染み込んでいてとても美味しい。間違っても口には出さないが。

「今日一日どうだったかな。羽川君とはなにか話したかな?」

「……あいつもあんたたちとグルだったんだな」

　——そのうちじっくりと叩き込んでやる。

　低い声を思い出してぶるりと身体を震わせる。羽川が、あの羽川が。

冗談を言っている声音ではなかった。

また、腰をわずかに動かす。

今日ずっと身体に刻まれていた違和感から早く逃れたい。

『これ』のおかげで水分を摂るのに非常に慎重になった一日だ。

昼間、羽川とカフェに行った際もコーヒーはくちびるを湿らせた程度だ。

半分ほどポトフを食べると満腹になってしまい、カランとフォークを放り出す。

軟禁二日目。弱気になるのは嫌だから目尻に力を込めた。

「これを早く外せ」

「うん？」

井上はまだ美味しそうにニンジンを咀嚼している。

厚めのくちびるでバゲットを咀嚼し、肉を、野菜を、次々に口に放り込んでいく。

健啖家ぶりを見せつけられている間、北見はひたすら我慢していた。

こうして座っていると、違和感がますます募ってくる。嫌悪感も。

ああ、早く自由になりたい。

たっぷり三十分ほどかけて食事を終えた井上は、真っ白なナプキンで口元を拭う。

「僕の料理はお気に召さなかったかな？」

「もう腹いっぱいなんだ。それよりも――」

「北見君は意外とせっかちだな。一日耐えたんだろう？　あともうすこし我慢したまえ」

「無茶言うな！」

一刻も早く『これ』を取り去ってシャワーを浴びたい。

言葉にならないどろどろとした感覚を切り離したい。

怒りが顔に表れていたのだろう。くすりと笑った井上が、「まあまあ」と食後の紅茶を淹れて渡してくる。

「その前に僕とリウの関係を知りたくないかい？　どうして君を競り落としたのか」

「それは」

知りたい。是が非でも。

頷くと、井上は立ち上がって食器を片づけ、ステレオセットに歩み寄る。

ほどなくして流れてきたのは、あのクラブで聴いた弦楽の四重奏だ。

耳に残るフレーズに、暗い夜の記憶が引きずり出されて、知らずと顰め面になる。井上はお構いなしという様子で座り直す。

「ブラームスの『弦楽四重奏曲第1番 Op.51-1』だ。とても美しい音色だろう？　——リウと僕は、スイスの大学で知り合った。互いに音楽のために留学していてね、彼はヴァイオリン、僕はチェロ奏者だった。あとふたり、学友を加えてよくこの曲を弾いたものだ。懐かしいな」

「思い出話はいい。肝心なことを話せ」

「綺麗な顔に似合わず血の気が多いね。だけどそのくせ、君は綿密な取材をこころがけている。そうだろう？」

そんなことまで読まれているのか。いったい、彼らはどこまで知っているのか。

「僕はアメリカ人の母と日本人の父の間に生まれた。いわゆる資産家のお坊ちゃまでね、生まれたときから苦労というものは、ほとんどしたことがない。好きな音楽と絵画に囲まれて、のびのびと暮らしていたよ。将来はプロのチェリストになろうかと思ったこともあったけど、大勢のひとと群れるのは得意ではないのでね。スイスに単身留学したのもそういう理由からだ。そこで出会った中国人のリウは――」

言葉を切って、井上は愉快そうな顔でくちびるを人差し指でそっとなぞる。

「僕も日本ではいい暮らしをしてきたほうだが、リウのほうが圧倒的だった。中国はすごい。金満家の次男だ。IT企業を経営している彼ら一族は中国内でも名を馳せている。歳の離れた彼の兄が跡継ぎとなったことで、リウは自由の身だった。やはり彼も幼少期から音楽をたしなんできて、貴重な青春時代をスイスで過ごそうと思ったらしい。そこで、僕と出会った」

最初から馬が合ったよ。

井上はそう微笑んで紅茶に口をつける。

「彼は母国語に加え、英語、日本語、フランス語、イタリア語を流暢に操れた。僕も同じようなものだったから会話には苦労しなかった。彼、読書家でね。なぜだかドイツのハイネを敬愛しているんだ。まあ僕も好きだけど。校内のカフェでハイネの詩集を読んでいた彼に声をかけたのがきっかけだったな。ひとり静かに詩集に没頭している中国人。見た目もよくて頭も切れそうだ。けれどこころのどこかに『ロマンティック』なものを抱えているような彼に興味を引かれたんだよ。最初は詩の話で盛り上がって、それから音楽。話しても話しても話題が尽きなかったね」

「いいご身分だな」

「そう、それに男を好むという点でも一致した」

目を細める井上に、ごとりと心臓が揺れ動く。

「僕も彼もバイセクシャルだったけれど、より惹かれるのは同性だった。いろいろと遊んだなぁ……スイスの四年間は夢のようだった。日本ではタブーとされていることもやったし、それに応えるひとも多かった。卒業してからも彼とはよく連絡を取り合っていたよ。僕は音楽家になるよりも、学生時代に覚えたデイトレの道を生かして暮らすことにした。一方リウは一度中国に戻って実兄の元で働き、人脈を一気に広げたようだ。『将来のビジネスのためだ』と言ってね。なんのことかわかるかい？」

昨日会ったばかりの中国人のことなんてわかるか。首を横に振っても、井上の機嫌は目減りしない。

「彼のビジネスは、取り引きだ。表にはけっして出ない裏ルートを使った極上の品ばかり。どこぞで盗まれたらしい名画も、壺も、宝石も、リウの手にかかったらすべて手に入る。やがて彼は本腰を入れるようになった。生きた人間を取り引きしたいのだとね。人選にはだいぶ苦労していたようだ。若い女なら確かに高値で売れる。だけど彼が好むのは成人男性だ。年端のいかない子どもをやり取りするんじゃない。普通に生まれ、普通に暮らしてきて、ある一定以上の知能と美貌、そして瑞々しい肌を持つ男を見つけ出し、法外な値段で取り引きしたいという夢を何度聞いたか」

「頭がおかしくなりそうな話だな……普通じゃない」

「そう、普通じゃない。僕らもそれは納得している。だからこそ、一線を飛び越えられるんじゃないか。君はね、リウのお眼鏡にかなった最初のひとりめなんだよ」

「――俺が？　……どこで、俺のことを？」

「もちろん、羽川君からだ。彼はあるスキャンダルを追っていた。アイドルと政治家の不倫だってね。その逢い引きの場所がリウのクラブだと摑んだ羽川君は、極秘裏にリウに面会を申し出た。話を聞いたリウは、ひとつの条件を出した。『私の気に入るような男を連れてきたら願いを叶(かな)えましょう』と」

「それが……まさか、俺なのか」

「大当たり」

　ぱちんと音がしそうな見事なウインクをする井上に、本気で渋面(じゅうめん)になった。

「写真かなにかを見せられたのか？」

「一応ね。社内で隠し撮りしたらしき画像を僕も何枚か見た。だけど、実際に行動に出たのは昨晩、君があのクラブに来たときだよ。現実の君を見て、僕もリウも胸が高鳴った。こんなに極上の男が東京にまだ埋もれていたなんてね。日本人らしく勤勉で、清潔で、性的なことには疎そうな点も気に入った。磨(みが)けば絶対に光る逸品だとふたりして納得した」

　オークションの目玉は君だったんだよ、北見君。

そう言う井上の言葉が、まじないのように脳内を駆け巡る。

「俺は……べつの人間に売られる可能性もあったのか。あの場にいたのは変態の男ばかりか」

「屈指のね。男好きという点では皆一致していた。ただし、君を最初に気に入ったのはリウだ。生きた男をオークションの最後に出すという流れは決まっていたけれど、絶対に客に競り落とさせるわけにはいかなかった。それで、僕の出番だ」

カップを置いた井上が席を立ち、北見の肩を抱き寄せる。

そしてソファにうながし、並んで腰掛けた。

身体がガチガチだ。

隣に座られたらなにをされるかわかったものではない。

「僕は金を稼ぐのが好きだ。持てあますほどの財産を築いている。とはいえ、手入れの必要な豪華な一軒家を建てたり、別荘を持ったりするのは面倒でね。……ああでも、せっかく君を手に入れたんだ。軽井沢あたりに別荘を買って君を連れて行くのもいいかな？　ともかく、どんな高額を出す客がいようとも、最後は僕が競り落とすという取り決めをリウと交わしていた」

「なんで、なんで俺なんだ」

「それはもう、ひと目見たときから、僕だって君を心底気に入ったからだよ。スクープを獲るためなら、どこでも潜入する大胆さと勇気は高く買っている。だけど、仲違いしている同僚の誘い水に乗ってしまうという甘さも好きだよ。君と羽川君、昔は仲がよかったんだろう？　そう聞いてるよ」

「それは――そうだけど、仕事上のことで揉めたんだ。昨日はめずらしくあいつからクラブのゲストパスを持ってきて……」

「不倫ネタを摑むために君は羽川君の誘いに乗った。そこにどんな危険が潜んでいるか、考えたことはあったかい？　まさか自分が売り物になるとは思ってなかっただろう。いま思い出しても昂ぶるよ……ライトに照らされて汗ばんだ肢体を晒す君は、リウに乳首をもてあそばれて射精する寸前だったたね」

「言うな！」

憎まれているとわかっていたとはいえ、こころのどこかで羽川を信じていたのだ。

すかさず身体をねじって井上を振り払おうとしたが、逆に肩を強く摑まれ押さえつけられてしまう。

羽川よりも屈強な筋肉を忍ばせているようだ、この井上という男は。

「五億もの値をつけられてどう思った？　君自身、生涯真面目に働いても得られない金額で競り落とされたんだ。それだけの価値があると、僕に証明して欲しいね」

「……っ……」

もがく北見のスラックスの前をゆるめ、シャツの裾を引っ張り出す。

わずかに腰を浮かされてスラックスを膝まで下ろされ、思わず顔を背けた。

見たくない、自分の身体を。自分の身体に仕掛けられた罠を。

「……うん、確かにきちんと嵌まっている。一日我慢したようだね」

井上は満足そうに言って、黒いなめし革でできたそれを指でツッとなぞる。

それだけで肌が妖しくざわめき、掠れた声を上げそうになった。

「ほら、ちゃんと見てごらん。これを解放してあげられるのは僕だけだ」

「く……っ」

うなじを摑まれ、無理やりうつむかされる。

目に入るのは、品のある光沢感が艶めかしい、なめし革の下衣——と言えば聞こえはいいだろうが、正確には北見の性器を覆う貞操帯だ。

一見すると革でできたビキニパンツのようだが、細部が異なる。

恥毛が生えるぎりぎりのところから覆い隠し、肉竿と双球を包み込む。

背面はもっとひどく、Tバックのようになっている。

きゅっと細い革が双丘の狭間を嬲るように走り、勝手に脱げないようジッパーが取り付けられ、先端にはちいさな錠がついていた。

『君の大事な場所を隠しておかないと』

そう言って、井上は今朝、無理やりこれを穿かせたのだ。

そして、尻たぶを割けるように食い込むジッパーをじりじりと引き上げ、錠前を取り付けた。

いま目の前に、その鍵がちらつかされている。

この貞操帯のせいでトイレに行けなかった。

自席に座るたび革紐が秘部に食い込んで落ち着かなかった。

なんとか脱げないものかと懸命にトイレの個室で押し下げたのだが、なめし革はぴたりと肌に張り付いてしまって徒労に終わったのだ。

「羽川君の前でも君はこれを着けていた。どう思った？　なにを感じた？　自分の大事な場所を、こんな黒いいやらしいもので隠しているなんて、他人が知ったらどうだろう」

筒状になって肉竿を収めている部分を、井上はやわやわと揉み込んでくる。

「う、あ、……っやめ、ろ……！」

革の内側がじっとりと濡れていく。

北見の性器よりもややゆとりのある作りになっているのだが、井上がそこを揉んだり、握り締めたりしているうちにびくびくと脈打ち、たちまちきつくなっていくのがわかる。

わかるからこそ、いたたまれない。

「井上、手……離せ！」

「離さない。それぐらい君もわかっているだろうに。こんな状態で手を離したら、つらいのは君だよ」

「う、……う」

井上の手は確実に快楽の源を押さえてきて、急速に北見を高みに押し上げていく。

もう、前はぎちぎちだ。

革袋はぱんぱんで、卑猥な形に反り返っている。

完全に勃起させられないのがまたつらい。

ぴんと突っ張った黒い革の先端がじゅわっと濡れてくる。

そこを人差し指でくるくると撫でられると、腰がひくついてしまう。

こんな責め苦を味わうなら、直接扱かれたほうがよほどましだ。

井上は素早く北見を正面から膝に跨がらせると、剝き出しになった双丘を両手でぐっぐっと揉み込む。

尻を揉まれて感じるはずがないのに、長い五指が汗ばんだ皮膚に食い込むとざわざわとしたむず痒い刺激が全身を走り抜ける。

「形のいいお尻だ。薄付きだが、こうやって愛撫を繰り返すうちに、むっちりした官能的なお尻になりそうだね」

ちゃり、と音がする。

貞操帯の要である錠前を外したのだ。

その隙に身をよじって逃げようとしたけれど、すんでで両手を捕らえられ、井上がシャツのポケットに隠していた幅広の布で、両手を背後で縛り上げられてしまう。

こうしたことに慣れているらしい。手つきがあまりに鮮やかだ。

「くそ……！」

「君は感じているだけでいい。ああ……いいよ、その悔しそうな顔。でも身体は誰よりもやわらかで甘めになるようだ」

錠前が取り去られ、じりじりとジッパーが引き下ろされていく。

尻たぶを左右に割ける金具が開いていくと秘部があらわになり、そこが淫靡に収縮しているのがわかる。

昨日、初めて男を咥え込んだ場所だ。

まだ鈍痛と重怠さが残っている孔の周りを、すうっと指で撫で回し、くすぐってくる。

「今夜はクリームを使おう」

井上は脇に置いていたチューブ状のクリームを指先に取り出し、北見のそこに塗り込んでくる。

熱めの体温で蕩けたクリームは、ちゅぷちゅぷと淫らな音を立て始め、閉じていたはずの入口が男の指をゆっくり受け入れていく。

「あ、っ、あ……やだ、いや、だ……っ」

第一関節を呑み込んだだけで、ぐうっと背中がのけぞってしまう。

両手を縛られているから井上に倒れ込むしかなくて、せめても抵抗で彼の広い肩に噛みついた。

それで痛がる井上ではない。

可愛らしい猫にじゃれつかれたような感覚なのだろう。

くすくす笑いながら軽く抜き挿しを繰り返し、昨日、彼のもので散々嬲ったしこりを見つけると、きゅっと押し込んでくる。

「ア……！」

目の前が白く弾ける。

「ここが前立腺だ。君も僕もここを刺激されたらひとたまりもない。昨日の感触が残っているはずだ。いつでも射精していいんだよ」

「誰が……！」

悔し紛れに叫ぶけれど、体内に暴力的な熱が渦巻いていて、ぐっと奥歯を嚙み締めていないとあまりの快感に啜り泣いてしまいそうだ。

どうしてそんなところが感じるのだろう。

自分だって意識したことがない場所を、会ったばかりの男に触れられて、あえかな声を上げてしまっている。

「ふぅん、腰が揺れているね。育て甲斐がありそうだ。君は乳首ばかりかお尻を虐められるのも好きなのかな？」

微笑する男の顔に嚙みついてやりたい。

だけど、ぐうっと二本目の指が奥へ挿ってきて、しこりを挟み込んでぐちゅぐちゅと擦り上げ、揉み込むようにされると、飢えた声が喉奥から漏れ出し、勝手に腰が震えてしまう。

認めたくない、この快感を。

断じて男色の傾向はなかったはずだ。

アナルを弄られて感じる身体じゃなかったはずだ。

だが、たった一日で変わってしまった。

昨夜、彼に犯され、その衝撃が抜けきらないうちに貞操帯をつけられてしまい、用を足すことすら制御された。

敏感になりすぎている身体は、井上の細かな愛撫のひとつひとつを拾い上げ、北見を徹底的（てっていてき）に狂わせる。

指の腹でつうっとしこりを撫で上げられ、ぎゅっと押し潰すようにされたときだった。

耐え難いほどの絶頂感に襲われ、北見は甲高い声を上げながら絶頂に達し、貞操帯の中で思いきり放ってしまった。

「あっ、あっ、ん――あ……っぅ……」

ずきずきとこめかみが痛む。

革袋の中はぐっしょりと濡れていて、吸収しきれない白濁（はくだく）が黒革の端からトロリと滲んであふれ出してくる。それでも井上はまだ双丘を揉み込み、指の痕（あと）をつける。

じんじんとした疼きを刻むように執拗に揉まれてから、今度は井上が自身の前をくつろげる。

猛（たけ）ったものを目の当（まのあ）たりにして、背筋がぞくんと撓む。

欲情していたのだ、彼も。北見を昂ぶらせる間に、昂ぶっていたのだ。

がっしりした両手が尻たぶを割り、散々嬲られてやわらかくなった窄まりに雄芯があてがわれる。

「いのう、え……っ！」

「これがないと、もう駄目（だめ）だろう？」

「う……！」

ぐぐっと下からねじ込まれる雄大な雄に喉を反らし、圧迫感から逃れたくて声を嗄（か）らした。

けっして気持ちいいからじゃない。

燻る想いを吐き出したいだけだ——と思うのに、全身を駆け巡る快楽は嘘じゃない。

「こっちも可愛がってあげないとね」

井上はポケットから小型の黒く丸いものを取り出す。

がくがくと揺さぶられながらそれを見ると、つまみのついたコインサイズの黒い輪っかだ。

白くギザギザした歯がぐるりと輪っかについている。

シャツをはだけさせられ、両の乳首を黒い輪っかで噛まれた。

途端に白い歯が乳首を食む。

「ンンッ、ん、やめ……っ、やぁ……っ!」

「やっぱりいいね、君の乳首は最高の感度だ。刺激すればするほど……中が締まる。僕もイってしまいそうだよ」

「やめ……っあ、あう、っンん、う、っいやぁ……っ」

頭を振り乱し、胸と下肢を覆う熱から逃れようとするけれど、尖った歯でぎりぎりと噛まれた乳首はじんじんするし、アナルに押し込まれた雄芯はより逞しく最奥を抉ってくる。

二箇所から与えられる愉悦に声を失うと、くちづけられた。

長い舌がくちゅりとねじ込まれて搦め捕られ、呼気まで奪われる。

どこにも出場所がない。身体の中で狂ったような快感が暴れ回っている。

舌の根元まで絡み付けられて、口の端から唾液がトロリと零れ落ちる。

パチン、と右胸のクリップを外されたかと思ったら、左胸はぐぐっと強く押された。

すかさず下から激しく貫かれ、弾けるような快感に呑み込まれて声もなく達してしまう。

同時に、彼のほうもどっと最奥に放ってきた。熱い滴が尻の狭間を濡らし、貞操帯を駄目にする。

「あ、ア……あ……はぁ……っ……」

「はは、前を弄ってないのにイけたね。ほんとうにいい子だ」

息が整わない北見の背中をやさしく撫で、井上がちゅっとこめかみにくちづけてくる。

「昨日今日でつらい目に遭わせてしまったね。でも、上出来だ。君はリウと僕のつき合いを知った。羽川君の策略も知った。そして、お尻だけでも感じるようになった。目を瞠る成長だ。ますます育て甲斐があるね。さあ、シャワーを浴びよう。トイレも自由に使うといい。大丈夫、今夜はもうなにもしない」

悪辣なほどやさしく笑う男を睨み据えた。快感で流した涙が滲む目では迫力に欠けるとわかっているが。

身体の最奥で、まだ熱が疼いている。

それを無理やり押し消し、北見は井上に肩を抱かれてよろよろと立ち上がった。

5

本格的な春の訪れを知らせるように、暖かな風が吹いている。

空はぼんやりとしたパステルブルー。

白く薄い雲がビルの谷間になびいていて、通りを歩くひとびとの足取りも軽い。

あれから早二週間。

毎日、井上の家から出勤し、帰宅することを余儀なくされている。

彼の家に帰れば食事、風呂、洗濯といったものがすべて用意されていて快適ではあるが、気分は最低だ。

軟禁するために、井上は北見の衣服をひととおり揃えていた。

どれもこれもサイズはぴったりで、上質だ。鞄ひとつで攫われたも同然だから、もともと住んでいた部屋はどうなっているのかと問うたところ、『ちゃんと管理しているよ。心配しないで』とあっさりいなされた。

いつまでこの生活が続くのかわからないが、『気がすんだら帰してあげるから』とも言われた。

その気がすむのはいったいいつなのか、皆目見当がつかない。

貞操帯は毎日新しいものを着けられた。今朝もそうだ。

朝のシャワーを浴びて全裸で出てくるように命じられ、井上の前に立たされる。

すると、彼はアタッシェケースの中から新しい貞操帯を取り出し、片足ずつ穿かせてくる。

ぴっちりと肌に吸いつく感覚には幾分か慣れたが、井上の手で肉竿や陰嚢を触られ、革袋の中に収められると、途端に落ち着かなくなる。

仕上げに腰骨ぎりぎりまで引き上げられ、ジッパーをジリジリと閉じられて、Ｔバックが尻たぶを割るともぞもぞしてしまう。

以前はボクサーパンツ派だったから、尻の表面を剝き出しにするのは慣れていないのだ。

すうすうする感覚に気もそぞろになりながらスラックスを穿き、Ｔバックの位置を何度も確かめるのが癖になってしまった。

このときの井上はひどく楽しげで、しつこく北見の尻を撫で回してきた。

スラックスの上から尻の割れ目をなぞり、食い込む革のしなやかさを確かめる。

「さあ、行っておいで。美味しい食事を作って待ってるよ」

社内の自席に着くと、まずメールをチェックする。

あれ以来、吉里えみと渡辺哲樹についての情報は入ってこない。

もう一度クラブに出向こうかとも考えたが、リウが待っているのかと思うと、さすがに腰が退ける。

椅子に座りながら、もぞりと腰を揺らす。

初日は排泄も自由にならなかったが、『改良版だよ』と言って今朝、井上が嵌めてきたのは、肉竿も露出できるように臀部までジッパーが縫い付けられたものだ。

だが、腰のところでベルトが巻かれ、先端に相変わらずちいさな錠前がついていたので、貞操帯そのものを脱ぐことは不可能だ。

トイレの個室でジッパーを下ろす惨めさ、怒り。

後者をより強くして北見はなんとか己を奮い立たせていた。

売られたなんて誰が認めるか。

だが、リウと井上に犯された動画をどうすべきなのか。そのことを考えると頭が痛くなる。

……今日も活きのいいネタはないか。

ため息をついて離席し、トイレに向かう。

まだ午前十一時だ。

『週刊桜庭』編集部は三班に分かれて雑誌を毎週発行しており、北見が属する班は先週校了を終えたばかりで、つかの間の谷間にあった。

ネタが飛び込んでこないなら、こっちから出るだけだ。

口を開けて待っていれば美味しい情報が飛び込んでくるなんてあり得ない。

ネタ元の信憑性が疑わしい投稿メールも、精査に時間がかかるものだ。

だったらいま一度、吉里えみと渡辺哲樹のネタに食いつくか。

どちらかのマンションに張り込んでもいいなと考え、手を洗っていたところに誰かが入ってくる。

「よう、こんなところにいたか」

羽川だ。

さっと顔が強張る。

あの日から彼は一切話しかけてこなかったが、同じ部署内にいると張り付くような視線をつねに感じていた。

全身を舐め回すような視線に晒され、居心地が悪い思いを何度もしたのだ。

「北見のところは、いま時間があるのか」

「まあな」

内心動揺していることを悟られまいと濡れた手をハンカチで拭う。

さっと彼の背後をすり抜けて外へ出ようとしたのに、寸前で二の腕を掴まれた。

「なあ、見せろよ」

「……なにを」

「井上さんの貞操帯」

言葉を選ばない男に、ぎっとくちびるを噛んだ。

なんで知っているんだ。なんでおまえがそれを——ああそうか、また画像をやり取りしているのか。

「頭のいいおまえだから、すぐにわかったようだな。この二週間、おまえのいやらしい画像が、毎日リウさんと俺に送られてきてるんだ。北見、乳首だけじゃなくて尻でも感じるのか」

「馬鹿言うな！」

「ギャンギャン怒るなよ」

苦笑いした羽川に襟首を摑まれ、個室に押し込まれた。

なんて馬鹿力なんだと罵る暇もない。

どんっと個室の壁に押しつけられ、壁についた腕で逃げ道を塞がれる。

「……羽川！　やめろ、仕事中だろ！」

「だよな。でもエロい下着を着けて出社してる奴が悪いんだろ。……おまえさあ、気づいてねえだろうけど、この二週間で変わったの、自分でわかってるか」

「なんの……ことを言ってるんだ」

「メスの匂いをぷんぷんさせてんだよ。井上さんに何度犯された？　この美味そうな尻にあのひとを何回咥え込んだんだ？」

「ッ、しつこい！　そんなことしてない！　俺は取材に――」

「へえ、また売られてもいいのかよ。今度こそ変態のジジイに買われて、めちゃくちゃにされるかもしれないぜ。おまえ、運がいいんだよ。リウさんと井上さんに買われてさ。俺が……最初に手を出すつもりだったんだがな」

言葉が低く消えていくうちに、乱暴にスラックスの上から尻を鷲摑みにされる。

痛みにぎゅっと瞼を閉じたのだが、息の荒い羽川は構わずに北見の尻を散々揉みしだく。

「いいケツしてるじゃねえか。この下に貞操帯着けてるんだろ？　見せろ」

「嫌だ、やめろ、やめろって……！」

思いきり肘鉄を食らわせたのに、羽川はびくともしない。

こいつ、筋肉しかないのか。

罵倒する北見のベルトをゆるめ、スラックスを膝までずり落とした羽川が口笛を吹く。

「生で拝むと最高だな……。おまえ、こんなに肌が白かったか。黒革がぴっちりケツの狭間に食い込んでるぞ」

「うる、さ……っ……あ、……あ……！」

秘部を覆い隠すジッパーをぐっぐっと押されて、涙が滲んできてしまう。

この二週間、井上に毎夜、嬲られた場所だ。

連日、乳首と尻をしつこいぐらいに愛撫する井上のせいで、臀部はむっちりと肉感的に盛り上がり、男の欲情を煽る代物に変わり果てていた。

羽川が言うように白めの肌に黒革の貞操帯のＴバックが食い込んでいる様は、さぞかし淫らそのものだろう。

自分ではまともに見られないが、向き合った男がごくりと息を呑んでいる。

「……すぐにでも突っ込んでやりたいけど、俺がおまえを気に入ってるのはこっちなんだよ」

力ずくでワイシャツを開かれた。

アンダーシャツを着ない北見の胸はうっすらと汗ばんでおり、容赦ない羽川の視線に晒される。

じろじろと眺め回し、舌舐めずりする男にぞっとする。

なにをする気なのだ、いったい。

「美味そうな乳首だよなあ……マジで。色も変わって、大きくなったな」

言うなり、羽川は乳首にむしゃぶりついてきた。

両手を押さえ込まれた北見は、じたばたともがいたが、熱いくちびるにじゅうっと尖りを吸われただけで、がくがくと膝が震え、崩れ落ちそうだ。

「っ、くっそ、はが、わ、やめろ……！」

「やめるわけねえだろ、こんなにやらしい乳首を前にして、おとなしくしてる男がいたらお目にかかりたいぜ」

両の尖りの根元に噛みつかれ、う、う、と呻き声を上げる。そんなところ感じるはずがないのに。

しかし、身体は覚えていた。

井上たちに買われた晩、リウにそこをしつこく舐めしゃぶられたことを。毎晩、井上にいたぶられたことを。

じわじわと湧き起こる欲望を、羽川に暴かれそうで怖い。

「俺の頭を摑め」

「……え……」

「いいから摑め。粉々にしたっていいんだぜ。俺は俺で好きにやるからさ」

押さえつけられていた手首が解放されると、身体がふらついてしまう。

覚束ないまま羽川の薄茶の髪を摑むと、乳首の根元をこりこりと指でねじられ、「んぅっ」と鼻にかかった声を漏らしてしまった。

「やっぱり乳首が感じるんだな。ずっとしゃぶってみたかったぜ……おまえのここ。おまえは覚えてないだろうが、新人の頃の社内旅行で一緒に温泉に入ったときから狙ってたんだ」

なにを言っているのかわからない、と言いたいが、覚えはある。

あれは桜庭社に入社して半年目のことだ。親睦を深めるための社内旅行で、北見は羽川と同じグループになった。あの頃はまだよかった。

互いにわだかまりもなく、未来への希望や野望を声が掠れるまで喋り合ったものだ。そして酔い覚ましにと入った露天風呂で、皆と騒ぎ合った。

まだ若かったせいもあって学生時代に戻った気分ではしゃぎ、臆面もなく素肌を晒し、湯を掛け合った。

「――あのときから、いい身体をしてると思ってた。とくに、この胸がな。やらしい目で男どもがおまえを見てたのも知らなかったのか。俺は知ってた。知ってたから――絶対に目を離さなかった。だからいままで危ない目に遭わなかっただろ?」

くにくにと乳首を揉み込み、真っ赤になるまでふくらませたあとゆっくりと食む。

ちゅく、ちゅうっ、と猥雑な音が耳朶を打つ。

自分のかすかな喘ぎ声も、羽川の荒い息もかき消すような乳首を吸う音だけに気が取られ、いつしか彼の髪をくしゃくしゃにかき混ぜていた。

こんなのは認めない、絶対に。

だけど、気持ちいい。すごく。

「あ、ッ……あ、は、がわ……ぁっ……」

「快楽に弱いおまえが見たかった。もっとしゃぶってやる」

「ンン――……！」

べろりと舐め上げられて乳首がぷるんとちいさく揺れる。

いたぶり回されているうちに肥大した肉芽は、男の舌を存分に愉しませているかのようだ。

そして、なにかもっと深い快感が底に潜んでいたけれど、感覚のひとつひとつを敏感に受け入れる北見は冷静じゃいられない。

「北見……北見」

その声には恨みが籠もっていた。憎しみも。

「この先は……まだ許可が出てないからな。上から触るだけだ」

「あ、っ、あっ、んぁ、っやぁ、イく、い……っ」

なめし革の貞操帯の上から乱暴に性器を揉みしだかれながら、乳首をきつく吸われる愉悦に、北見はたまらずにどくりと身体を波立たせた。

ひくひくと蠢く性器が革袋の内側をたっぷりと濡らし、染み込めない残滓が内腿を伝って落ちていく。

「あ……はぁ……っ……」

「まったく、たいした淫乱だぜ、おまえは」

濡れた口元をぐいっと拭い、羽川は立ち上がる。

そしてスラックスの尻ポケットに入れていたスマートフォンを取り出すと、カシャリとシャッター音を響かせた。

真っ赤に色づいた尖りを曝け出し、壮絶なまでの色香を放つ黒の貞操帯を身に着け、忘我の境地に陥る北見をあらゆる角度から撮ってから、自分の前を二度三度軽く扱いて突っ張りを治める。

彼も逐情していたらしい。昂ぶりを抑えてから画像を確かめ、あられもない姿をした北見を見せつけてきた。

「リウさんと井上さんに送る。おまえの最高にいいところは乳首だってな。今度はそこをいたぶる玩具を買うように伝えておくぜ。じゃあな。そんな顔で取材には行かないほうがいいんじゃないのか」

それだけ言って、羽川は個室を出ていった。

残された北見は、ただ放心していた。

後始末をどうつけるかも考えられずに。

どこから歯車が狂ったのだろう。

まだ、形勢逆転のチャンスはあるのか。

……すこしでも。

すこしでも、可能性にすがりたい。

北見の強靱な背骨を支えるのは、男としてのプライドだ。

暴かれるだけ、搾取（さくしゅ）されるだけでたまるか。

――俺だって、あいつらを暴いてやる。

6

衝撃も抜けないその夜、北見にリウからメールが届いた。

『今夜二十二時に指定のファミレスに来てください』


会社から数駅離れたところにあるオフィス街の中のファミレスだ。

夕刻、吉里えみのマンションの張り込みから帰社した北見は、そのメールを読むなり削除した。行かないわけではない。ただ、リウから届いたものはすべて削除するようにしている。日ごと溜まっていく卑猥な関わりをスマートフォンに残しておきたくないのだ。

吉里えみは一週間のオフに入っていると、ある確かな筋から情報を入手したのだが、今日はマンションから出てこなかった。渡辺哲樹との密会がバレるのを恐れているのだろう。

くだんの政治家がマンションを訪れるなら深夜だろうから、もう一度今夜、出向くつもりだったのだが。

手早く話を終えて、仕事に戻ろう。

そうだ、仕事だ。

仕事だけがいまの自分を支えている。

吉里えみと渡辺哲樹のネタも、リウも、井上も、羽川もいずれ吊し上げてやる。

この報いはかならず受けてもらう。一方的にもてあそばれるのは性に合わない。

だけど、まだ肌が疼いていた。

胸の肉芽がじわりと熱を孕んでいた。

昼間の羽川の噛み痕がうっすら残っているはずだ。それを男たちに悟られないようにしなければ。

会社を出る前、トイレの冷たい水で何度も顔を洗い、ハンカチで強く拭う。みぞおちに力を込めて、鏡の中の自分をのぞき込んで睨み、きびすを返した。


「お待ちしていましたよ。久しぶりですね、北見さん。お元気でしたか、と聞くのも野暮ですね。あなたの様子は毎日、井上さんから連絡を受けている」

二十二時のファミレスに先に来ていたのはリウだった。

店内の奥にある四人掛けのテーブル席を陣取り、互いに向かい合わせに腰掛けた。

「お腹は減っていませんか。私はコーヒーだけで構いませんが、あなたは遠慮せずに」

今夜のリウはチャコールグレイのぴしりとしたスーツに身を固めていた。

リウは言ったとおりコーヒーのみ、北見はここぞというときに体力を失ったら元も子もないのでステーキセットとシーザーサラダとコーンスープを注文した。

「井上さんの手料理は美味しいでしょう。私も学生時代はよくご相伴に預かりましたよ」

「スイスの大学に行ってたんだってな」

「ええ。お互い、あの頃は音楽家を目指していましたが、もともとべつの商才が眠っていたんでしょうね。互いに母国のことを語り合うたびに、いつしか美しい音楽を奏でるよりも、自分の目で確かめた品々を取り扱いたいと思うようになりました。井上さんは私より才走っているので、デイトレーダーの道を選んだようです。あれはあれで時間に縛られる仕事なので大変そうですよ」

　丁寧な言葉遣いは日本人かと思うほどだ。

　鋭い目元をのぞけば、誰もリウを中国籍とは思わないだろう。

　身のこなしも優雅だ。平凡なファミレスにいるのに彼ひとりだけが際立っている。

「井上はデイトレ、羽川は俺の同僚、で、あんたの正体はいったいなんなんだ。闇取引のオーナーか？」

「簡単に言えば。ねえ北見さん、私の手にかかれば、どんなものでも手に入れられますよ。あなたが毎日着けている貞操帯も私が買い付けたものです。具合はいかがですか」

　この言葉は無視した。

　いまこの瞬間ですら、革の戒めはびっちりと食い込んでいるのだから。

　ステーキとサラダを半分ほど食べ終えたところに、井上、羽川がばらばらとやってきた。井上が北見の隣に、羽川がリウの隣に座る。

窓際の一番隅の席に追いやられた北見としては、三人からの好奇心旺盛な視線をじろじろと浴び、落ち着かない。

冷めかけたスープを飲み干してしまおうとスプーンを手に取ると、コーヒーだけを注文した井上が隣から顔をのぞき込んできて、「今日はとうとう羽川君に手を出されたようだね」と楽しそうに囁いてくる。

一瞬、息が止まるかと思った。

そういえば羽川が彼らに写真を送ると言っていた。井上たちはすぐさま北見の恥ずかしい写真を堪能したのだろう。

三人のうち誰かひとりが北見に手を出せば、すぐさまその様子が内輪で共有されるようになっているのだ。

SNSが発達したいま、リウたちはグループチャットを設け、北見の状況を刻々と伝えていると知って、背中を冷たい汗が伝い落ちる。

囲む三人に、嬲りものにされているのだと思うと、腹の底がぐつぐつと煮え立ってくる。

純粋な怒りに続いて訪れるのは、言いようのないどろどろとした熱だ。

それにあえて名前をつけるとしたら、欲望か。

嘘だ、そんな感情を俺が持ち合わせているはずがない。

胸中で否定するが、煌めく井上の視線を横顔に感じていると、次第に身体の芯が熱くなってしまう。

もう食欲は嘘のように消え失せていた。

この二週間、彼は徹底的に北見に尽くしてきた。

夜ともなれば北見の胸と尻をねっとりと愛撫したが、それ以外では家事もパーフェクトだし、紳士的な振る舞いさえ見せる。

暴力を振るうつもりは一切ないようで、バスタブは毎日綺麗に磨かれ、新しい湯が張られていた。

そこに、ティーツリーやラベンダーといった神経が解き解されるオイルを垂らしてくれるのも、じつは密かに気に入っていた。

それまで北見の風呂と言えば烏の行水だったのだ。

さっと熱い湯に浸かればいいほうで、シャワーだけですませてしまうことも多かった。

『それじゃ疲れが取れないよ』と井上が進言するので、渋々彼の愛撫を受けたあとに長風呂をするようになった。

揉まれたり、やわらかにつねられたりした乳首や尻に自分で触れるたび、どうしようもなく疼いてしまうのには閉口したが。

「さて、四人で顔を合わせるのも久しぶりですね。羽川さん、その節はとても素晴らしい情報提供をありがとうございました。あなたのおかげで、私は生まれて初めて立派な成人男性の取り引きを終えることができました。あなたたちには遠からず、吉里えみと渡辺哲樹の密会現場をお教えいたしますよ。それをスクープできれば、お手柄になるでしょう」

「羽川……吉里えみのネタのために俺を売ったのか」

「ま、そうとも言うな。それだけじゃないが」

煙草を吸いたそうな顔をしている羽川の目に陰湿で淫らな光が宿る。昼間、乳首を熱心にしゃぶっていた男だ。

井上とリウに止められていなかったら、もっと先に進んでいたかもしれない。

「北見君は乳首ばかりか、お尻もとても可愛いよ。僕が毎日揉んであげていることで、ずいぶんふくよかになった。指を食い込ませれば押し返すほどの新鮮な弾力だ」

「それはそれは、ぜひあとで確かめさせていただきたいものですね。かくいう私も、北見さんの綺麗で淫らな乳首にあてられた男のひとりです。だから、どうしても手に入れたかった。その前に一度、大勢の客に見せびらかしたかったのです。しかし、見知らぬ男に落札されてしまうのは困ります。ですから、井上さんに協力を仰ぎました。彼もあなたをひと目見て気に入ったのでね」

リウがコーヒーを旨そうに啜る。

ファミレスの味のないコーヒー。泥のように黒いコーヒー。

「……つまり、俺は羽川の罠に引っかかって、あんんたちに売られたというわけか」

「ご名答。もし、北見さんがもうすこし仕事熱心でなければ、この結末は完成していなかったかもしれません。ですが、あなたはやはり勤勉な日本人です。一度食らいついた獲物はけっして離さない。たとえそこにどんなリスクが潜んでいたとしても、あなたは勝機を感じ取ったら突き進んでいくタイプでしょう。違いますか」

冷静なリウの声に、違う、と言いかけたが、あやふやになった。

仕事熱心であることは認める。

だが、猪突猛進というほうではないと自負していたのだ。

慎重に事を進め、充分に材料が揃ったところで、一気に表に出すやり方を好んでいたはずなのだが、吉里えみと渡辺哲樹の件はなかなかこれといった進展が摑めずにいたので、勇み足をしてしまった。

——それがまさか、オークションで売られることになるなんて。

どう悔やんでも後の祭り。

己の状況判断のなさに気落ちし、コーヒーを飲む気分にもならない。

しかしリウはそうしたことをまるで気にせず、コーヒーカップを脇に避けると、テーブルの中央に一枚のクリアファイルをすべらせてきた。

「北見さんは井上さんに買い上げられましたが、三人で相談した結果、新たな契約を結ぼうということになりました。『乳首譲渡契約書』です」

「……は?」

「あなたの可愛らしくて淫猥な胸の尖りを、私たち三人がいついかなるときでも愛でられるよう契約を結びましょう、北見さん。報酬は莫大です。あなたが仕事を辞めても一生遊んで暮らせるぐらいの金額を提示します」

　乳首譲渡契約書。

　あまりに馬鹿馬鹿しい言葉が頭の中を空回りする。

　なに言ってるんだこいつらは。気が触れているのか。

　それとも自分がなにか聞き間違えたのだろうか。

　しかし、差し出されたクリアファイルには、確かに『乳首譲渡契約書』と印字された書類が挟み込んである。

「簡単な話です。まず、北見さんを落札した井上さんを筆頭に、私、そしてあなた自身をオークションに出してくれた羽川さんが、あなたの乳首をいついかなるときでも愛でる権利を渡していただきたいのです。もちろん、乳首だけではすまないでしょうが、それは三人三様、好きなやり方であなたを愛していくという方向で」

「……馬鹿を言うな！　誰が俺を愛するだって？　単なる玩具にしているだけじゃないか」

「僕は君を見た瞬間から恋に落ちたよ。あのクラブに潜入してネタを掴もうという気概、そして反抗心、なにより感じやすい身体を気に入っている」

「俺は……まあ、愛憎半々というところだな。まだ完全にこころを許したわけじゃない。ただ、こうする以外に方法はなかったし、井上さんとリウさんと分かち合うならいいかと思っている」

　めいめいに勝手な持論を述べたあと、リウがくちびるの端を吊り上げる。

「私は、あなたを商品として衣服を剥いだとき、なんて素晴らしく完璧な乳首をお持ちなのかと感服いたしました。羽川さんから、極上の乳首をしていると聞いてはいましたが、実際この目で確かめて衝撃を受けましたよ。男にしてはきめの細かい肌、桜色の尖り、乳暈の大きさも理想どおりです。あなたの胸を弄り続けたら、さぞかし淫らにぷっくりと腫れぼったくなるのでしょうね。ほどよい大きさに育ったら、乳首にもっと刺激を与える吸引器も用意しましょう。あなたの乳首がさらに肥大化するように吸引力の強いニップルキャップがあります。それを今度用意しておきましょう。きっとあなたに似合う。そしてあなたはかならず身悶えるほど感じまくる。いかがですか？　想像できますか？」

「できるか……っ！」

大声で怒鳴りかけると、傍らの井上がそっと太腿に手を置いてくる。夜とはいえ、ちらほらと客がいる店内だ。静かにしろという意味合いなのかと、ぎりぎり奥歯を噛み締めれば、その手は意味深に動き、北見のスラックスの前をゆるゆると擦る。

「あんた、なにして……」

「サインをどうぞ、我らの囚われの王子様」

井上から万年筆を渡された。よくよく見なくてもわかる。

高級万年筆は丁寧に使い込まれ、いかにも指にしっくりと来そうな軸だ。

誰がこんな馬鹿げた書類にサインなんてするものか。

リウが目を細めた。表情は楽しげだが、隠している愉悦の底をさらに追い求めるようなまなざしでもある。

一対の目はひたすら北見に注がれていた。

「サインをしていただく前にもうひとつ、条件があります」

「……なんなんだ。ここまで理不尽なことを言っておいて、いまさらなにを要求するんだ」

「あなたにとっても悪い話ではありません。吉里えみと渡辺哲樹の不倫疑惑を追っているんでしたね。それよりもっと美味しいネタを提供すると言ったらどうしますか」

さらにリウの目が細くなる。笑った蛇みたいだ。

「とある政治家が違法の臓器移植に関わっています。私も知らない顔ではありませんし、過去、何度かあのクラブに招いたことがあります。ですが、彼は次期選挙の当確を目指すために、盛り場の怪しい店を一掃しようと躍起になっている。表向きは、ね。でもそんな彼が裏では、法に触れる臓器売買のルートを握っているんですよ。北見さん、あなたにはその政治家の臓器売買ネタを差し上げます。表に出すも握り潰すも好きになさるがいい。代わりに、私のクラブを守ってくれませんか」

「俺への見返りがまったくないじゃないか」

「ありますよ。身の安全と莫大な報酬です」

物事はすべて金で解決できるとでもリウは言いたげだ。

反駁しようとして、諦める。

そもそもの発端は自分が迂闊に羽川の誘いに乗ったせいだ。

あそこでもっと手堅く取材を進めていれば、いまこんなことにはなっていなかった。

「……その政治家の名前は」

「木島悟です。防衛省に名を連ねている政治家のひとり。野心がありつつもそれをうまく隠して、民心を掴む能力に長けている。ですが、金に目がない。一説では賭博麻雀にも嵌まっていると も聞きました。世襲制の政治家ではないので、金はあればあるだけ助かるのでしょうね。その賭博麻雀の面子を聞いたら、北見さんも驚きますよ。大手新聞社の記者と現職警察官が馴染みのメンバーだそうです」

「嫌な癒着だな」

「木島の賭博癖は前々からうっすらと噂されていた。北見、このネタはおまえに譲ってやるよ。臓器売買か、違法賭博か、スクープにするにはどっちでも俺は構わない。いずれにしろ木島を失墜させるには充分なネタだからな」

羽川が軽く貧乏揺すりしている。煙草を吸いたいのだろう。

「雑誌記者としての好奇心も満たせるだろう。見事スクープを獲れば、北見君の社内の地位はますます上がるんじゃないかな?」

「俺はべつに偉くなりたいというわけじゃない。より新鮮なネタが欲しいだけだ」

「まあ、あなたの思惑はあなた自身に任せましょう。私たちの願いはただひとつ。木島を夜の街から遠ざけることです。私が闇オークションを行っていることを知られたら面倒ですし、生き甲斐を失いますからね」

この短時間でさまざまな話を耳にした。

現職政治家による臓器売買、違法賭博、そしてリウの闇オークション。考えていたよりも根が深そうだ。探れば探るほど脛に傷を持つ者は山のように出てくるだろうし、それらを丹念に追い、記事にしていくというのは骨が折れる作業だが、北見なりの好奇心が疼いてしょうがない。

これも雑誌記者としての性か。

なんにせよ、頷かないかぎり仕事に没頭することもできない。

動画が出回り、生涯、後ろ指を指されることになるだろう。それでもなかなか承諾できずに口を閉ざしていた。

「強情なんだよな、北見は」

苦笑いする羽川がスマートフォンを手にし、北見に向けてくる。

それからなにを考えているのか、スマートフォンをテーブル下に隠す。リウは小型のビデオカメラを同じようにテーブル下に隠した。

「どうぞ、井上さん」

「わかった。たかだか五億ぐらいでは、北見君の自由は奪えないんだね」

ジッパーをじりっと下ろされ、むずがる北見のスラックスを太腿の付け根まで下ろす。

そして貞操帯の鍵を解錠すると、さらにジッパーをもったいつけて下ろし、性器を露出させてゆっくりと握ったり締めつけたりしてきた。

「……ッなに、……するんだ……！」

「衆人の中でも感じ入ってしまう君を皆で共有しようと思ってね。ああ、ほらもう硬くなってきた。北見君はずいぶんと敏感になったようだ。いますぐ全身を舐め回してあげたいよ。お尻も叩いてあげたい」

「スパンキングが好きですもんね、井上さんは」

リウの涼やかな微笑に井上が頷き、北見のくびれをきゅうっと締めつけてくる。

途端に目の前が真っ白に染まり、テーブルに突っ伏した。

ぶるぶると身体が震え、おぞましいほどの快感がそこからこみ上げてくる。

皆が見ている前でいたぶられているうえに、リウと羽川はテーブル下からその様子を逐一録画している。

「逃げられませんよ、北見さん。羽川さんと私ですべて録画している。夜のファミレスで勃起した性器を弄られ、達してしまうあなたを世界中にばらまかれたくなかったら、書類にサインをどうぞ」

「う……っく……う……」

井上の指遣いは巧みで、北見が高まりそうになると手を離し、ほっとしたところでまたすりすりと亀頭の割れ目を擦ってくる。

愛蜜が滲み始めた先端の割れ目に人差し指を埋め込まれ、くりくりとくすぐられると腰が跳ねそうになる。

異常な形での欲望を向けられ、三人のその願いが合致したとき、自分は生け贄として捧げられることが決定したのだろう。

くそ、くそ、くそったれ。

罵りたいけれど、迂闊に口を開けば喘いでしまいそうだ。下肢に熱が集中し、いまにも放ってしまいそうだった。

亀頭の丸みを親指で擦る井上を涙が滲んだ目で睨み据える。

痴態を映した映像が世間に流れたら社会的な抹殺を受けることになる。

いっそなにもかも諦めて彼らの玩具になるか。それともどこまでも抗うか。

浮き立つ筋を硬い爪でかりっと引っかかれ、びくんと全身が戦いた。

痺れる手で、北見は万年筆を摑んだ。

口を開けばため息しか出てこない。

暖かな春風を味わう気分にもならず、北見はリウのクラブに連れてこられた。

通されたのは、あの部屋だ。彼が仕事兼プライベートで使っているという一室。

室内灯はやわらかで、さほど冷たい印象は受けない。

「どうぞ、座ってください。いま冷たい飲み物でも用意しましょう」

リウが小型の冷蔵庫からオレンジジュースのパックを取り出し、グラスに注いでソファにへたり込んだ北見の前に置く。

「なんとも記念すべき夜でしたね。あなたの乳首には私も並々ならぬ執着を抱いていました。羽川さんは我慢が利かずに、オフィスであなたの胸にむしゃぶりついたそうじゃないですか。気性の激しい彼らしい」

「あんたは、……なにするつもりなんだ」

「サイズを測ります」

「なんの」

「乳首のです。正しくは乳暈のサイズかな」

リウはデスクの引き出しを開けてメジャーを取り出し、近づいてくる。

一瞬、揉み合うのは当然のことだ。

こんなことをされて黙っていられるはずがない。だが、リウもまた痩身に見えて、スーツの下に頑強な身体を隠し持っているようだ。

たやすく北見を押さえ込むとワイシャツの前を丁寧にはだけ、北見の乳首にじっと見入る。

「いい色だ……井上さんが可愛がったぶん、最初の頃よりだいぶ深い色合いになりましたね」

強張る北見をよそに、リウはメジャーで乳暈の大きさや先端のサイズを測り、指先でつまんでくる。

「男のあなたのここが肥大化して、いやらしい肉豆になってしまったらどうしましょうね。アンダーシャツも透かして、他のひとにもバレてしまうかもしれない。ひょっとしたらワイシャツを着ていたって。これは事ですよ、北見さん。あなたのようなまっとうな人間が、いやらしい乳首を持っていると知られたら、世の男どもが目の色を変える。誰もが涎を垂らしてこの胸に吸いつくでしょう」

「馬鹿言うな！　そんなのあんたたちだけ……っぁ……ぁ……！」

指でつまんだ尖りをちゅうっと吸い上げられて急速に力が抜けていく。

井上、羽川と立て続けに弄ばれた日々は極彩色で、いまや軽く嚙まれただけで乳首の先端がピンとそそり勃ち、吸われるたびに淫靡に色づいていく。

肥大化していく、という言葉が恐ろしかった。

いまはまだリウの人差し指で隠れてしまうほどのものだが、いつしか親指をあてがってもはみ出してしまうようになるのではないか。

ぷっくりと根元から勃ちきり、男の愛撫を待つ肉芽。

乳暈も深い赤に染まり、男のくちびるに含まれることを待ち望んでいる。それが北見の意思を裏切っていたとしても、身体は正直に反応してしまう。

「や、……っやめ……っ、吸うな……！」

「じゃ、嚙みますか？　でも羽川さんがたっぷり嚙んだあとでしょう。私はねっとりと蕩かすほうが好きなので」

舌先をチロチロ動かして乳首をせり上げ、ぷるんと揺れたところを舐めしゃぶり、しっとりと光らせていく。

無意識にリウの整った髪を掴み、ぐしゃぐしゃにしていた。

胸に当たる呼気が熱い。

吸われれば吸われるほど、じんとした重い快感が下肢にも伝わり、くらくらしてくる。

彼らに出会うまでは、間違ってもそんなところで感じる身体ではなかった。

変えられてしまったのだ、この男に――この男たちに。

リウはまぁるく尖りを捏ねてくにくにと押し潰し、だんだんとふくらんでいく肉豆を愉しむかのように舌先でつんつんつつく。

目と目を合わせながらしゃぶるのが好きらしい。必死に声を殺す北見を見上げながら胸をいたぶり、両手で胸筋をぐっぐっと揉み込んできた。

「ア、ッ、アッ……――!」

胸ごと鷲掴みにされると、心臓を捕らえられてしまったかのような錯覚に陥る。

リウの長い五指が食い込んで、ばらばらと動きながら胸筋を揉み解し、両側からぎゅっと中央に寄せる。

痛いはずなのに、身体の真ん中をずきりとした快感が走り抜けていく。

じわりとした熱い痺れを酷なまでに植えつけたあと、またゆるやかに乳首を吸われ、もう蕩けてしまいそうだ。

「いや、だ……ぁ……っ」

「ふふ、あなたはほんとうに可愛い。堕ちる寸前にねだり方が変わる」

朦朧（もうろう）とした意識でリウの笑い声を聞いた。

「やめろ」と「嫌だ」の違いがあるというのか。

自分ではどっちも同じだと思っているのだが、リウはそう取らないようだ。じゅっじゅっと音を立てて乳首に吸い付き、真っ赤にふくれあがらせてから、ふと思いついたように身体を起こし、マホガニーのデスクに歩み寄り、抽斗（ひきだし）からなにかを手にして戻ってきた。

「これがなにかわかりますか？」

見せられたのは、ふたつの黒いシリコン製のゴムキャップだ。

円錐型（えんすいがた）で、先端にちいさな尖りがついている。

「さっき言ったでしょう。あなたの乳首がさらに肥大化するように吸引力の強いニップルキャップです。これは試作品ですが、よくできていますよ。肌によく吸い付き、あなたの可愛い乳首をもっと可愛く、もっと強く吸い上げる。――乳首だけでどこまで感じられるか、試しましょう」

「い、いやだ、やめろ！」

必死に暴れたのに、奇妙（きみょう）な黒いキャップは両の乳首に取り付けられ、キュッと先端をねじられる。

そうすると内部が真空状態（しんくうじょうたい）になって、より乳首がきつく吸い上げられる仕組みのようだ。

「アッ、アッ……！」

脳内が何度も弾（はじ）ける。

ぎゅうっと締め上げられる乳首の下では、心臓がうるさいほどにバクバク鳴り響（ひび）く。

先端のつまみをぴんっと指で弾かれると、思わず漏らしてしまいそうなほどの快感が襲いかかってきた。

それだけでは飽き足らず、リウはキャップの上から乳首を揉み込んでくる。

キャップの周囲をぐるりと舌でなぞり、北見の肌をぞわぞわとざわめかせ、すうっと内腿に手をすべらせてきた。

それだけでもう、我慢できなかった。

いまにも達しそうなのを堪えて、ぐっと奥歯を噛み締めると、リウがスラックスを脱がしにかかる。

「い、いや、だ……！」

井上のように後ろを弄るのかと、顔を引き攣らせたのがわかったのだろう。

リウはにやりと笑い、下着をずり下ろすと、半勃ちになっている性器をおもむろに咥え込んだ。

「あ――……っはぁ……っん……っ」

自分でも驚くほどの甘ったるい声だった。みっともなく愛撫をねだる声だ。

怜悧に整ったリウの遠慮のない口淫に驚き、腰をずり上げようとしたのだが、がっしりと捕らえられてしまっている。

先ほど乳首を舐ったのと同じように、リウは北見の肉茎もねっとりと舐め上げ、じょじょに昂ぶらせていく。

くびれのところをぐるりと舌先でなぞられると、全身の産毛がそそけ立つほどの快感が襲ってきて、ぎゅっと瞼を閉じた。

いったい何人の男を抱いてきたのだろう。

きっと数え切れないほど。

割れ目の内側を抉るように舌先を尖らせ、リウはわざとつうっと唾液を垂らし、落としていく。北見の零す愛蜜と混じった体液が、にちゃにちゃと音を立てる頃、ゆるやかに亀頭の丸みを握られて扱かれると、心臓がばくんと大きく鳴った。

「だ、め、だ、……っイく……っ」

「もう？　まだ咥えただけですよ」

焦らすように肉竿の筋をひとつひとつ舌でなぞりながら、リウは双玉にまで顔を埋めてくる。

蜜がいっぱいに溜まったそこを頬張られた途端、射精感が凄まじく突き上げてきて、北見は声を失して達した。

どろりとした白濁がリウの相貌を濡らし、顎を伝い落ちる。

潔癖に見える彼だが、ぞんざいにくちびるを拭って指先に北見の残滓を移し取り、ぺろりと赤い舌で舐め取る。

蛇だ。この男は蛇そのものだ。

ひたと見据え、目的を定めたら、どこまでも濃密に絡んでくる。

どくどくと溢れ続ける白濁を、最後の一滴まで飲み干したリウは満足そうに笑い、そばにあったティッシュボックスを引き寄せる。

ふわりと薄く白い紙が、まだ硬度を保っているそこに被せられた。

「挿れて欲しそうですね。あなたを貪りたいのはやまやまですが、私にも仕事があるので。電動ディルドーがありますから、それを試しますか」

「……断る」

熱く疼く身体を堪えて声を低くした。

「あんた……いい育ちをしていると井上が言っていた。なんであんな闇オークションなんかやってるんだ……」

一方的にイかされたのが悔しくて、のろのろと身支度を整えながら呟けば、リウは眉根を跳ね上げる。愉快そうな顔だ。

「井上さんがそんなことを？　ああ、確かＩＴ企業の次男だと彼には言っていましたね。でも、ほんとうの私は、中国の中でももっとも貧しい地域から上海にもぐり込んだんですよ」

「友人に嘘を吐いたのか？」

「建前と言って欲しいですね。いま自分が置かれている場所から上のステージに昇りたければ、相応以上の努力と建前、身繕いが必要になります。私が農村で食うにも困る惨めな幼少期を過ごし、いつかは都会に出て、一旗揚げると呪うように誓っていたと言ったら、あなたは信じてくれますか」

「……」

答えられなかった。

目の前にいるリウはオーダーメイドらしきスーツを纏い、やや崩れた髪を手でかき上げている。どこからどう見ても、ハイクラスの社会に生まれ育ったような優雅な仕草は、一朝一夕で身に着くものではない。

井上が嘘を吐いている節はなかった。

彼はリウの言葉を、態度を信じたのだろう。

その素直さは、恵まれた人間関係で育まれたものだと北見は判断する。井上は癖のある男だが、裏表があるわけではない。己の欲望に忠実なだけだ。

しかし、リウはどうなのか。

ねじくれた思考を持つ羽川ともまた違う。

三人の中で一番摑みづらい男だ。彼のプロフィールを探ろうとしても、絶対にどこかで袋小路に突き当たるだろう。

「私の母は日本人で、父が中国人です。弟妹は五人。皆、毎日腹を空かせていました。長男である私が出稼ぎに行かないことには、どうにもならなかった。五歳下の妹は隣の村に嫁入りしましたが、ふた回りも上の相手でした。でもね、持参金をたんまりと用意してくれたんですよ。私たち一家が半年はどうにか暮らせる金で妹は嫁に行きました。他の弟たちは両親の手伝いをすることで精一杯でしたが、私はそうじゃなかった。私のいるべきところはここじゃないと幼い頃から感じていた。底辺から這い上がって、かならず一角の人物になるのだと思い込んでいましたね。嘘を吐いてでも、ひとを裏切ってでも」

リウはチェストからブランデーのボトルを取り出し、バカラのグラスに注いでひと息に呷ってから、再び琥珀色の液体で満たし、北見に差し出してくる。

「戸籍を買うのも、来歴を偽るのも、私にとってはなんてこともないのです。ああ、でもスイスの大学に行っている間だけは楽しかったな。普通に生まれ、普通に暮らしていたら、こんなにのんびりした時間が持てるのだと……明けても暮れても泥にまみれていた私にとって、広い空は憎いだけのものでした。手の届かない雲をぶら下げて、こちらの都合にお構いなしに雨や雪を降らせる。ですが、スイスの雨は美しかった。路面を濡らす水滴によく見とれたものです。雪が降ると、井上たちとよく雪玉を投げて遊びましたね。あのときだけが私の唯一の子ども時代ですよ」

ふっと笑って言葉を切り、リウは視線でまっすぐ射貫いてきた。

「――というのがすべて嘘だったらどうしますか？　私は井上の話どおり、大企業の次男でなんの苦労もせずに育った。日本語をはじめ外国語を操るのだって最高教育の賜です。なんと言っても、育ちはちょっとした仕草に表れる。言葉尻にもね。私が辛酸をなめ尽くした生活を送ってきたのだとしたら、もっと荒れたギャングになっていたと思いませんか。蛇頭に入っていてもおかしくありません」

なにが嘘で真か、わからない。

わからないからこそ、北見はブランデーを飲み干した。

わかりたくない。わかってしまったら――引き下がれなくなる気がした。

7

リウの部屋でひと晩を過ごした翌日は、井上のマンションに戻った。

時間に余裕があれば、井上、リウの身元を調べたい。

彼らが口にしていることのどこまでが真実なのか知りたかった。

その前に、木島悟の件がある。現職の政治家が違法の臓器売買に関わっているとなったら、そのベールは幾重にも覆われているだろう。

一介の雑誌記者が辿り着けるのか。

ややもすると挫けそうだったが、意外にも手を貸してくれたのが羽川だった。

彼は前もってリウから話を聞いていたらしく、木島悟がじつは反社会的組織とも繋がりがあるうえに違法献金を受けており、金のためと割り切って、昔からのツテを使って臓器売買に手を染めていた。

木島悟は以前から、外交が多いことでも知られている政治家だ。

裏で取り引きしているあちらこちらの国に出かけては、商談に精を出し、日本では認可されていない分野の臓器売買に関わり、各国の資産家——病に伏している者への移植を内密に取り付けて、多額の報酬を受け取っていた。

「これだけ資料が揃っていて、いままでどうして記事にしなかったんだ」

社内の喫煙ブースで問うと、羽川は紫煙をくゆらせながら目を細め、薄く笑う。

「大スキャンダルになることはわかっている。だが、いまの俺の力量では上に信じてもらえない。下手すると握り潰される恐れもある。でも北見、おまえならできるだろ。これまでの成果を考えて、北見が挙げてきたネタなら上も認めざるを得ない。だから助けてやってるのさ」

「手柄を俺に譲っておまえはどうしたいんだ」

「おまえを孕ませたい」

端的な言葉にぎょっとした。

「俺が男だってわかってるか」

「手柄をやる代わりに、好きなようにセックスさせろよ」

低い囁きに背筋がぞくりとなる。

「おまえを孕ませられるほどに射精し尽くしたいんだよ。おまえのあそこに俺のをぶち込んで、何度も何度も抜き挿しして、おまえが泣いてやめろと叫んでもやめないし、ひと晩中射精してやる。抱き潰したいんだよ、北見」

「……おかしいだろ、おまえ」

「だろうな。俺のプライドはいつもおまえにズタズタにされる。俺とおまえとではなにが違う？体力か、知力か？取材のやり方そのものが違うのか？おまえの仕事の仕方をトレースした時期があった。一挙手一投足を追ったことがある。それでもスクープは挙げられなかった。だったらもう、鼻が利く利かないの差なんだろうな。間違っても才能の器が違うとか言うなよ。俺はおまえと同等でいたい。それでもおまえを打ちのめしたい。俺の精液でどろどろにして、俺にすがらせたい。求めさせたい。徹底的にな」

夕方の社内で交わす言葉ではなかった。こんな深淵を抱えた同僚が、すぐ手の届く場所にいるということが恐ろしい。

そう思うと同時に、羽川の胆力にある種の感動も覚えていた。

彼は激することなく扇情的な言葉を淡々と連ねた。

羽川にとってそれはもはや妄想ではなく、計画の域なのだろう。

「おまえを憎んでる、こころの底から。どうしたって勝てない。殺したって飽き足りない。だけど、同じぐらい……」

そこで言葉を切った羽川が、書類の入った茶封筒を渡してきた。

「中にはUSBも入っている。裏付けは取れているからいつでも記事にできる。ネタとネタを繋ぎ合わせて派手にぶち上げてやれ。文末に『北見』とあれば、『週刊桜庭』はかならず百万部を突破する」

任せたからなと言って同僚は喫煙ブースを出ていった。

あとに残された北見は半分ほど灰になりかけていた煙草を咥えたまま、突っ立っていた。

自分を取り巻く環境が、人間が大きく変わろうとしている。

羽川から渡されたネタを出せば、社長賞も夢ではないだろう。

しかし、賞が欲しくてネタを挙げているわけではない。

北見はただ、ひた隠しにされている事実を表に引きずり出したいだけだ。そして、民衆を驚かせたい。

――あんたたち、知ってたか。あんたたちが崇めている、あいつもこいつも裏の顔を持っている。法廷で裁かれなければいけないほどの闇を持っていることを知っているか。

高尚に言えば真っ当な記者魂だが、底辺には到底自分でも隠しきれない好奇心が渦巻いている。

真実を見ろ、と世間に突きつけたいのだ。

まやかしに溺れていないで、下世話だと渋面になっても真実を見ろと。

「……俺も大概だな」

呟いて、北見は煙草を灰皿に落とした。

練りに練った記事は何度も上長から精査を問われたが、強く後押ししたのは編集長だった。

木島悟の臓器売買疑惑を綿密に書き尽くした『週刊桜庭』は発売前からネットでも大騒ぎになり、発売当日にはどのコンビニ、書店でも完売になったほどだ。

だが、戦いはまだ始まったばかりだ。

続報を次々に出していくことで関係者をあぶり出し、木島悟を追い詰めるステップが待っている。

読者数が跳ね上がることも、「今年の社長賞は北見で決まりだな」という社内の噂話もまったく気にならなかった。

いまは書くだけだ。

羽川がパートナーとなり、三号続けて記事を出す間は、誰も手を出してこなかった。リウも、井上も。

いまだ井上のマンションから出勤して帰る北見は、寝る間も惜しんで資料をかき集め、記事を書き続けた。

家事もおろそかになりがちなのを井上がすべてフォローしてくれた。関係者のツテが途切れそうになると、リウが吉報を届けてくれた。それを羽川とまとめ上げていく。

会社とはまるでかけ離れたところでできあがった、いびつなチームだ。

ずいぶんと助けられたと北見が感じたのは、もう夏が始まる七月の頃だ。

三月に始まった異様な関係は紆余曲折を経て、まだ続いている。北見が仕事に熱中している間、貞操帯は外されていた。

しかし、自宅に戻ることはできなかった。

いまや井上宅が第二の自宅である。

夜中まで仕事してタクシーで帰り着いても井上は起きていて、軽い夜食を食べさせてくれるうえに、熱い風呂も用意してくれた。

毎日パジャマと下着は綺麗に洗濯してあり、ベッドシーツも同様に日々取り替えられていた。

おかげで北見は記事作りに専念することができ、三人とも不可思議なバランスを保っていた。

なぜ、こうまでして彼らは自分に関わるのだろう。

どうして自分は逃げ出さないのだろう。

その日、ひと息つくために北見は会社近くの喫茶店に立ち寄った。

こぢんまりとしており、アンティーク好きな主人のおかげで、店内はいたるところに古びた時計、グラス、ティーカップ、美しいビスクドールまで飾られている。

気軽に立ち寄れるカフェとは違い、ちょっとした隠れ家的な存在なので、客は比較的すくなく、落ち着ける場所だ。

タブレットPCを開き、これまでに発表してきたネタをざっと見直す。

我ながら、いい記事に仕上がっていると思う。自分ひとりではここまで追い詰められなかった。

言うまでもなく、リウたちの助力があったおかげだろう。

ため息をついて、アールグレイのアイスティに口をつける。爽やかで透きとおった味が、すんなりと喉をすべり落ちていく。

次に呼び出したファイルは、リウ、井上、羽川についてのプロフィールだ。

これは独自に調べ上げたものだ。

蛇の道は蛇とよく言ったもので、北見には北見なりの情報網がある。

ただし、ひとひとりの身上を探るというのはなかなか困難であった。

井上は日系アメリカ人で、裕福な家の出だ。進学校をトップクラスの成績で卒業したのち、スイスに渡り、音楽家を目指す中でデイトレへの才能を開花させたらしい。友人は多く、国内外に知人が存在している。彼が一線のデイトレとして成功しているのも、才ある友人たちのおかげというところもあるだろう。

　羽川は日本人だ。彼は中高大とラグビー部に所属していたものの、激しい練習中に大腿筋をひどく痛め、選手生活を終えた。意外にも文学好きであり、リハビリ中に猛烈に読書に励んだのと、一本気なところを買われ、『週刊桜庭』への入社が決まったのだ。

　そしてリウ。北見には親しい中国人の情報提供者がいる。そのツテを辿り、リウがほんとうに中国人であるかどうかを確かめたところ、『わからない』と曖昧な答えが返ってきた。

『中国と日本のミックスだと噂されているけど、仕事が仕事だろ。ほんとうの彼を知っている人物は、一番そばにいる井上じゃないのか。蛇頭にいたというのは出任せだと思う』

『農村出身というのは？』

『どうかな。いまいち信憑性が薄い。リウはわざと惨めな過去を語って、おまえの同情を引くつもりだったのかもしれない。あのリウが泥にまみれて汗水垂らしていたなんて想像できるか』

　そう言われると、北見も返答に困る。

　なにしろ、ファッション誌から抜け出してきたような洒脱な男なのだ。その点では、井上も、羽川も異なった魅力を持ち、気づくと周囲の視線を集めている。

　彼らにいったいなにを思うのか。最近よくそんなことを考える。

　リウたちの手助けがなかったら、今回の大スクープは挙げられなかった。

ともに過ごしていく日々の中で、けっして気を許したつもりはなかったが、井上の家では熟睡し、リウとはしょっちゅう電話やメールでやり取りし、羽川とはともに裏付け取材に走った。

奇妙な三人がこの胸に棲んでいる。

始まりこそは苛烈だったが、いまではなんとも形容しがたい感情を抱いている。

北見の仕事への真剣さを知ったとき、彼らはいっせいに手を引いた。そして惜しみなく力を貸してくれた。

――それだけ、気にかけてくれているのか。

面はゆいなんて可愛らしい言葉では片づけられないものの、意外にも胸は凪いでいる。

自分にとって、リウ、井上、羽川はどういった位置づけなのか。

それが知りたかった。

……正直、井上はいい奴だと思う。おかしな男ではあるが、文句ひとつ言わず俺の世話を焼いてくれて、寝る前にはかならずホットミルクを作ってくれる。

にこやかで、話題が豊富。でも黙るべきときは黙っている。一緒に暮らしていて楽な相手だ。

こんなことで好きだとは言いたくないが、彼が一番まともだし、平常時では感情も寄せやすい。

北見の気に入る料理ができるとほんとうに嬉しそうだ。『また作るよ』と笑顔の井上を思い出し、ひとりなんとはなしに照れ、次に羽川を考える。

彼は複雑だ。同僚でありながらも憎まれている。しかしながら、今回は相棒役を買って出てくれた。献身ぶりは見事なもので、北見がデスクを離れられないとき、彼が代わりに外に取材に飛んでいくこともあった。羽川なしでは完成しなかった記事だろう。面と向かって『殺したいほど憎い』とも言われたけれど、いっそ清々しい。あれほど正直な男なのだから、もうすこし探れば本音が見えてくるのではないか。それに、親しかった頃の感情がまだ北見の胸に残っているのがもどかしかった。

――もしもあの頃に戻れたら。

そしてリウ。

北見を売り物として男どもの前に出した奴。嘘か真かわからないことを平然と言ってのける奴。三人中一番気にかかる男であって、用心しなければという想いが強い。しかしながら、裏返せばそれだけ惹かれているという証拠だ。知らないから知りたい。いけない男だとわかっていても近づかずにはいられない。

もう一度ため息をついて、アイスティを飲む。氷は溶けかかっていた。

まるで、北見のこころのように。

北見は木島悟の件に並行して、吉里えみと渡辺哲樹の不倫ネタも追っていた。

もともとはこちらが本命だ。渡辺哲樹は木島悟同様に現職の政治家であるため、容易に近づけない。

吉里えみも大手プロダクションの秘蔵っ子だ。とはいえ、どこかにかならず突破口がある。

木島悟が近々、警察の事情聴取を受けるとのニュースをスマートフォンで眺めながら、北見は単身、吉里えみのマンションへと向かった。

もう何度も足を運んでいる場所だ。

噂が漏れ出して以来、吉里えみは外出にも敏感になり、めったに表に出てこない。

だが、ひとり暮らしのはずだ。食料や生活用品をマネージャーが届けている可能性もあったが、ときには外の空気も吸いたくなるだろう。

それを見計らって、ちょくちょく様子見をしていたのだが、目黒区の高級マンションから、見覚えのある人影が出てきたところでハッとした。

午後三時、街はのんびりしていてひと通りもすくない。

深めにキャップをかぶった吉里えみは髪を切ったらしく、セミロングの黒髪をひとつにまとめていた。

マスクをし、七分袖のシャツにロングスカートというシンプルな装いで、一般人と見分けがつかない。ノーメイクなのだろう。

マンション向かいの歩道の木陰で見守っていた北見は、小走りに彼女に近づき、「吉里えみさん」とそっと声をかけた。

びくんと華奢な肩が跳ね上がって振り返った。サングラスはかけていないが、零れ落ちそうな黒い瞳が大きく見開いている。

「『週刊桜庭』の北見と申します。渡辺哲樹さんとのお話を伺いたくて――」

「お話しすることはなにもありません」

「そう仰らずに。渡辺さんがあなたを裏切っている証拠があります。それを見ていただけませんか」

「……裏切り？　あのひとが？」

アイドルの綺麗な瞳が不安そうに揺れる。しばらく表に出ていないせいか、肌の白さが際立っていた。

「ここではなんですから、近くの喫茶店にでも」

「……わかりました」

想像以上に吉里えみは渡辺哲樹に惚れ込んでいるらしい。北見の誘いにこくんと頷き、肩を並べて歩き始めた。


北見はアイスコーヒーを、吉里えみはアイスレモンティを注文した。

くし切りのレモンが刺さったグラスを吉里えみはぼんやり見つめている。

化粧っ気がなくても、さすがは人気アイドルだ。目鼻立ちが整っていることはマスクをしたままでもわかる。

マンションの裏通りにあったちいさな喫茶店にふたりは入った。

地元の人間しか立ち寄らないらしく、店内は静かだ。奥まった席を陣取り、北見は早速切り込んだ。

「渡辺哲樹さんに妻子があることはご存じですよね」

「……はい。でも」

「離婚して、あなたと結婚すると約束なさいましたか」

「そうです。何度もそう言われてます」

意志の強い目で吉里えみは見据えてくる。

沖縄出身のアイドルらしく、顔のパーツのひとつひとつが怖いほどに整っており、ことのほか目力が強い。

「ですが、彼はあなたに大きな嘘をついています。まず、彼には現在進行形の女がふたりいます。ひとりは銀座のクラブに勤める女性、もうひとりは……あなたと同じプロダクションの新人モデル、水野槙です」

「槙が⁉ うそ、そんなの嘘。だってあの子、去年うちに入ったばかりでまだ未成年――」

ハッとしたように吉里えみは口元を手で塞ぐ。そう、水野槙はまだ高校三年生なのだ。

未成年に手を出したらどうなるか、渡辺哲樹とて知らないわけではないだろう。

だが、無類の女好きで、凛とした吉里えみとはまた違い、幼い感じが残る水野槙にも目をつけたのだ。

これは北見が独断で摑んだ情報だ。

とはいえ、羽川が裏を取り、リウと井上が手を組んで渡辺哲樹の周辺を探って確定した。またしても彼らに助けられた形だ。

「……嘘。そんな証拠、どこにあるんですか」

「この写真をご覧ください」

スマートフォンに保存していた、水野槇と渡辺哲樹がホテルに入っていく写真を突きつけた。

吉里えみが半謹慎となっている間、男は不実にも遊び歩いていたのだ。表向きは精力的な政治家の顔をして。

「……うそ、……うそ……だって槇、私にもよく懐いていて……」

「お気の毒です。渡辺哲樹さんの女癖の悪さはいまに始まったことではありません。大事にならないうちに、あなたから別れを切り出したほうが賢明かと」

「でも、だって結婚が」

「彼は離婚する気はさらさらありませんよ。ほら、二日前の写真です」

渡辺哲樹が妻子と一緒に公園で遊んでいる風景は、羽川が隠し撮りした一枚だ。

ありふれた睦まじい家族写真に、吉里えみの白い頬にほろりと涙が零れ落ちる。

「……騙されていたんですね、私。LINEでも『妻とはもう別居状態だ。離婚するからもうすこし待っていてほしい』と言われて……信じ切ってしまって……」

声を殺して泣く彼女に、清潔なハンカチを渡した。今朝、井上がプレスしたばかりのものだ。

水色のハンカチで涙を拭う吉里えみは、しばし口を閉ざしていたが、やがて顔を上げた。その黒い瞳に強い意志がこもっている。

「私、正直にお話しします。記事にしていただけませんか」

「……いいんですか？　私は聞かなかったことにもできますよ」

「いいんです。あんな男を信じた私が馬鹿なんですから。全部お話しする代わりに、槇のことは伏せてください。あの子はまだ学生です。いまから売りだそうとしている時期に、こんなスキャンダルが出たら引退に追い込まれます」

「ですが、あなただって無傷ではいられません」

「私もバッシングされるでしょうね。清純派のアイドルだったくせして、他人様の男と寝ていたわけですから。——でも、隠すのはもっと嫌です。あのひとが制裁を受けるなら私も同罪です。覚悟はできてますから、記事にしてください」

もっとも、世間は木島悟の件で週刊誌は大騒ぎだから、不倫ネタが爆発する可能性は低いだろうが、それでも吉里えみのキャリアには傷がつく。

気の強さを表すように、涙を払った彼女はにっこり微笑んだ。

「これでも私、強いんです。不倫関係になったときから、こうなることはどこかで想像していたかもしれません。それに、清純派のアイドルという路線だってもう無理が来てましたから、いい機会です」

「引退なさるつもりですか」

「まさか。……まあ、謹慎処分は受けるかもしれませんし、プロダクションも退所することになるかもしれませんね。以前から私、舞台に興味があって、こっそり演技の勉強を続けていたんです。アイドルを辞めても、小劇団を探します」

爽やかに笑う吉里えみの逞しさを垣間見た気がして、北見は唸る。

アイドルも可愛いだけではやっていけない世界だ。スキャンダルであえなく潰れる者もいれば、そんな醜聞すらも鮮やかなプロフィールにして、見事に打ち破って開花していく者もいる。

きっと、吉里えみは後者だ。そして、渦中にいる水野槙もたぶん。

ならば、渡辺哲樹だけがひとりいい気になって踊っている記事に仕立て上げてやる。

「わかりました。記事にします。詳しいお話を伺えますか」

「はい。私たちの出会いは……」

北見はテーブル上にボイスレコーダーを置き、スイッチを押した。

8

「おまえの手柄にしていい」

「は？」

「おまえの記事にしていいってことだよ」

ソファに並んで座る羽川が缶ビールを呷（あお）る。

吉里えみの取材を終え、直帰するかと思ったが、ひとまず羽川に電話を入れた。詳細を聞きたいとのことだったので日本橋のホテルで落ち合い、用心を重ねてツインルームを取った。

けっしてよこしまな意味ではない。ボイスレコーダーに残った内容が内容だけに、密室を選びたかったのだ。

「北見の執念（しゅうねん）深さが勝ったな。爆弾発言（ばくだんはつげん）のオンパレードだ」

「でも、いま出しても木島悟の記事には負ける」

「いいんじゃないのか？　そのほうが吉里えみのダメージも軽減される。もちろん騒（さわ）ぎになることは間違いないだろうが、要は書きようだ。この場合、渡辺哲樹に非がある。むろん、妻子のある相手と不倫をしていた吉里えみだって非難されるだろう。ただ、渡辺哲樹は他にも女遊びしていたんだろう？　そこをうまく取り上げれば、吉里えみの謹慎期間も短くなるはずだ」

「水野槙についてはどう思う？」

「吉里えみの言うとおり、伏せたほうがいいだろうな。記事にしたところで相手は未成年で名前は出せない。ただ、渡辺哲樹には未成年淫行の余罪があると匂わせることができる。実際、過去にもやってたんだろうよ」

喫煙ルームなので、羽川は遠慮なく煙草を吸っている。

それを見て、北見もジャケットのポケットに入れていた煙草を取り出した。

火を点けず、ただ口に咥え、スイッチを切ったボイスレコーダーを見つめた。

大スキャンダルが詰まったレコーダー。木島悟の件がなかったら連日ワイドショーや週刊誌を騒がせていただろう話題。

「……まさか、リウが吉里えみと関係があったから、代わりに木島悟の件で控えめにしようという算段じゃないだろうな」

「まさか」

そこまで疑うなよと羽川が苦く笑う。

「リウさんの商売を木島悟が邪魔していたのは事実だ。スクープが遅れていたら新宿、渋谷、六本木あたりのクラブは続々と、木島悟の息がかかった警察の手が入っていたんだ。吉里えみのスキャンダルはほんのおまけさ」

「……そうか。探れば探るほど木島悟は埃が出てくる。いずれ起訴されるだろうな」

「間違いない。現職政治家の臓器売買なんて聞いたことがない。いや、過去にあったかもしれないが、巧みに葬られていたんだ。政府によって、警察によって。それを俺たちが暴いた。『マスゴミ』も時には役立つだろ」

「嫌いだ、その言葉は。読者は自分の興味を惹く話題のときだけマスコミに群がって、良心に訴えるような記事については、私情だけで『マスゴミ』と叩く。そう言ってる奴自身、記事に目を通してるくせに」

「同感。嫌だ嫌だと言いながら暗部から目を離せないのが人間の性だ。ワイドショー然り。ただ、ＳＮＳが発達したいまは、誰だって好きな意見が言える。視野が狭いからマスコミの言うことを鵜呑みにして底をさらわない。自分で考えない。与えられた情報を、力のある奴の発言を信じ込んで、私情を盾にしてマスコミを叩く。殺人事件の被害者を追う記事なんかは最たるものだろ。でもいまの木島悟については皆言いたい放題だ。『前から怪しかった』とか『なんでいままで記事にしなかったんだ』とかさ。皆、暇潰しに他人批判がしたい時代なんだよ」

「考えてみれば因果な商売だな、俺たちの仕事も」

「好奇心は誰にでもある。多かれ少なかれ。それを制御できる程度はあれど、世俗と縁を断ち切らないかぎり、ひとは他人の不幸を見たがるものだ。それを物差しにして自分のいまいる立場を再認識したいんだよ」

「自分のほうがしあわせ、とか?」

「自分のほうがもっと不幸だとかもな」

互いの紫煙が高いところで混ざり合い、かき消えてゆく。

「……なあ」

考えるよりも先に口にしていた。

「俺を憎んでいるくせに、どうしてここまで手を貸してくれたんだ」

煙草をもみ消した羽川がすいっと視線を向けてくる。

「どう言ったって、おまえは信じないだろう」

「言ってみろよ。なんだかんだ言って、ふたつものスクープを挙げた仲だろ」

べつにいまさら昔みたいに、なんて言わない。ただ、羽川の真意が知りたかったのだ。ほんとうに殺したいぐらい憎んでいるのならここまでしないはずだ。

羽川は視線を外さない。

「……憎しみの逆はなんだと思う？」

咄嗟に答えられない。

憎悪の逆？　無関心か？　いや——頭を振ったとき、羽川がそっと身を寄せてきて北見の顎をつまむ。そうして目の奥をのぞき込み、「ほんとうにわからないか」と呟いた。

なにか言う前にくちびるが静かに重なり、瞠目した。

嚙みつかれるのかと思ったのに、熱くしっとりしたくちびるは想像以上にやさしく、北見の跳ねる呼気を吸い取っていく。

「……羽川」

男の意図が摑めずに、鼻先がぶつかる距離で囁いた。羽川にはひどい目に遭わされている。犯すとまで言われた。なのに、キスは熱っぽかった。

ゆっくりと羽川がのしかかってくる。

ちゅ、ちゅ、とくちづけを繰り返し、息継ぎした瞬間にぬるりと舌がもぐり込んできた。

やんわりと絡みつく舌に呻き、彼を押しのけようかどうしようかと迷う腕を、羽川が首に回せとうながしてくる。

おずおずと彼の首に両手を絡めれば、男の舌はますます深く挿ってきた。

歯列を丁寧になぞり、舌先を甘く吸い上げ、あまつさえ上顎をチロチロと舐め上げてくる。

顎を上向かされた北見は息を切らし、無意識にぎゅうっと彼にしがみついていた。

この先、なにが起こるのか、わかるようでいてわからない。

羽川のことだ。乱暴にしてくるかもしれないと思うと身が竦むが、案に反して彼は丁寧なキスに続いて北見の服を剝ぎ、下着姿になったところでベッドにいざなう。

裸の胸を、人差し指でトンと突かれてベッドにあえなく倒れ込んだ。

「……北見」

掠れた声は苦しげにも聞こえる。胸の尖りを甘噛みし、ねっとりと揉み込んでくる彼は、よほどそこが好きらしい。

一日の疲れもあって、じぃん……とのぼせてくるようで思考がまともに働かない。

「……そこ、ばっかり……」

「いいだろ、おまえの最大の美点だ」

じゅるっと乳首を啜り、舌先で捏ねくり回す羽川が、下着の中にも手を差し込んでくる。

「もう硬くなってる」

「そ、それは」

身体をよじって胸を隠そうとしたが、無理だった。

身体全体でのしかかられていて、身動きできない。

下着の中で性器を握られ、やんわりと扱かれ、ああ、と声を上げた。愛液がもう溢れ出している。

「ぬるぬるだな」

囁かれてカッと頬が熱くなる。

いがみ合っていた同僚に身体をまさぐられ、感じるなんて。

弱々しく抵抗するが、双玉からあわいを指先でツツッとなぞられると、ひくんと喉がしなるほどの快感がこみ上げてくる。

「あ、っ、あっ……ん……ぅ……っ」

「すっかり感じやすくなりやがって」

にゅるにゅると性器を扱いて愛蜜まみれにしてから、羽川は上体を起こし、衣服を脱ぐついでに、ワイシャツのポケットからちいさなパウチを取り出す。

「おまえを犯すと言ったよな」

こうなることを予想して常備していたのか。羽川の執念深さにぞくりとなる。

パウチの端を犬歯でぴっと嚙み切った羽川が、とろりとした液体を手のひらにまぶす。

どうやら、ローションの類のようだ。それを北見の窄まりに丁寧に塗り込め、慎重に中を探ってきた。

「ン――――！　……っき、つい……」

「すこしだけ我慢しろ。時間をかけないとおまえが怪我する」

きつく締まる隘路を拡げて挿ってくる指が、上向きに擦り出す。

「で、も、でも、あっ、あっ、ばか、そこ……！」

熱っぽいしこりをぐちゅぐちゅと人差し指と中指で揉み込まれて、おかしくなりそうだ。

そこがもったりと下がり、肉洞が焼けるほどに熱い。

待ち望んでいるのだ、この身体は。木島たちの記事を書く以前は奔放に抱かれていたのに、この数週間は一切触れられていない。

飢えきった身体に、羽川の愛撫は酷だ。

疼くしこりを羽川自身で擦られたらどうなるのだろう。

隣の部屋にまで聞こえるような声を上げてしまいそうだ。

胸の尖り、性器と責め立てられて、とうとう身体の内側まで熱が挿り込んでくるのだと思うと、不安と期待に胸が揺れる。

羽川が下着を脱ぎ、雄々しく根元から猛った肉竿を自ら扱く。

凶悪なほどに太く長く反り返ったものを目の当たりにして身体が強張るが、内側はそうじゃない。淫らにひくつき、ねじ込まれる瞬間を待っている。

逞しい性器を、ローションの残りで濡らした羽川が腰を落としてきた。

「……北見」

「う……っん、ん、あ、あ……！」

狭隘にずぶずぶと突き込まれる楔が強すぎて、意識が飛びそうだ。エラが大きすぎてうまく呑み込めない。

それでも羽川はじっくりと責め込んできて、ヌチュ、ヌチュとローションを纏わり付かせながら、浅い場所で抜き挿しを繰り返し、自身が北見に馴染むのをひたすら待っている。

肉輪がなんとか解けて、ずるぅっと充溢を受け止めると、ふっくらと腫れ上がったしこりを漲った亀頭が擦り出す。

「あっ、や、や、ん、っ、んんん、っ」

そこはだめだ。だめだ、つらすぎるほどにいい。前立腺をしつこく擦られると、それだけで射精してしまいそうになるから許して欲しい。

「感じ始めたな」

羽川がちいさく笑い、ずくずくと埋め込んでくる。太竿を呑み込まされると、頭の中まで串刺しになった気分だ。

「まだまだだ」

「く……——っ……！」

ぼこりと太く浮き立った筋さえもわかるほど、内側は敏感になっていて、蕩け始めた肉襞が涎を垂らして羽川を食い締めてしまう。

井上とはまた違う感触に、知らずと夢中になってしまう。

男を咥え込まされて喘ぐのか。腰を振るのか。そう詰る己も確かにいるのだが、圧迫感と官能の奔流に攫われて、どうしても抗えない。

肉洞いっぱいいっぱいにまで羽川が突き込んできて、最奥にぐりぐりと亀頭を擦り付けてくる。滲み出した先走りで奥を濡らされる卑猥さに涙が浮かぶが、喉奥から漏れるのは快感に揺れる呻き声だ。

「ア――……っはが、わ……っ」

「いい、か？」

「ん、あ、あ、あ、いい……すごく、いい……っ」

鬱陶しい同僚に犯されて屈辱を感じる場面で、北見は無我夢中で男の背中にしがみついた。

熱杭は太く、ぎちぎちに広げてくる。

ずるりと抜け出ると空虚感に襲われてしまってたまらない。いやだとうわごとのように呟き、背中に爪を立てた。

羽川の分厚い身体に押し潰されるのが悔しくて、だけど不思議なほどの安堵も覚えていた。自分でも説明がつかない感情だ。

「……おまえ……」

感に堪えぬふうに呟く男の腰遣いが激しくなる。ぐぐっと抉り込まれて大きく抜き挿しされ、もう声は止まらない。昂ぶった性器を扱かれ、声を振り絞った。

「だめだ、イき、っ、たい、イく……っ」

「イかせてくれ、と言え」

「う、う」

「ほら、言わないとやめるぞ」

「う……」

ぎりぎりと彼の背中を引っかき、北見は喉を反らした。

そこに羽川が噛みつきながら貫いてくる。そのまま、食われてしまいそうだ。

「……イ、かせて、くれ……」

「わかった」

息も絶え絶えな北見の頭をかき抱いて、羽川が腰を強く振るう。

あまりの突き込みの激しさに振り落とされそうで、彼の逞しい腰に太腿をしっかりと絡み付けた。

「ん、あっ、イく、イく……っ！」

「……ッ」

びゅくりと白濁が飛び出す瞬間、うしろでもぎゅうっと羽川を締めつけてしまい、ほぼ同時に絶頂を極めた。

「あ、あ……あ——あ……」

どくどくと中に撃ち込まれる重たい精液に息が切れる。

——ほんとうに、孕まされそうだ。

こんな濃い精液を受け止めたら、男の自分でもその気になりそうだ。

北見自身も射精が続き、まだゆるく抜いたり挿れたりを繰り返されている窄まりが狂おしくひくつく。

うしろでも感じるようになってしまったのだ。

変えられてしまった。男たちにこの身体を作り替えられてしまった。

乳首を弄られて喘ぎ、隘路を暴かれる快感を知ってしまった。

「おまえは俺のものだ」

唸るように言う羽川に身体をひっくり返され、犬のようなポーズを取らされる。

間を置かずに、ずんっと腹の底まで響くほどの剛直を挿入され、北見は喘ぎ、シーツをかきむしった。

いまはただ、溺れるだけだ。

9

「ちゃんと温まってるかい？」

「……充分だ」

吉里えみと渡辺哲樹の不倫ネタは、木島悟のスキャンダルに隠れるように世に出た。

予想通り、ネット上は大騒ぎとなったが、マスコミ中が注目している木島の新ネタに引っ張られ、三日もするとＳＮＳでの誹謗中傷は目立たなくなった。

情報を出す前に北見は吉里えみのプロダクションに連絡を入れていた。

芸能記事を扱う場合の鉄則として、お抱えアイドルや俳優に不祥事があった場合、プロダクションに一報打つのがこの世界でのルールなのだ。

あまりに力を持ちすぎているプロダクションだと、握り潰される恐れがあるが、吉里えみの場合、水野槙をかばうという面もあって公にすることが許可された。

水野槙もしばしの間、仕事を減らすようだが、もともと学生なので、「学校を卒業することが優先です」とでも言えば角が立たない。

「吉里えみ、独立か。彼女を欲しがる大手の劇団があるんだってね。面目躍如じゃないか、北見君。君のおかげでこの子は新しい道を歩むことができた」

風呂に浸かりながら、防水機能がついているタブレットＰＣでニュースを読んでいる井上が楽しげに言う。

北見と言えば、居心地(いごこち)悪い感じで彼の両足の間に身体を挟み込んでいた。

背後から抱き締められるような格好でバスタブに浸かり、ティーツリーのオイルを垂らした湯をすくう。いい香りではあるが、背中にいるのが井上だと思うとなかなか落ち着かない。

吉里えみの話題が収束に向かっている『週刊桜庭』を井上も一通り読んでいたようだ。なにより、木島悟の件も気になっていたのだろう。

デイトレの彼と会社員の自分とでは生活時間帯が異なるし、そもそも日中、北見は自宅にいない。しかし朝と夜はかならず井上が食事を用意し、送り出し、出迎えてくれた。

カレンダーが九月に入る今日、「一緒にお風呂に入ろう」と誘ってきたのだ。「なにを言ってるんだ」と返したが井上は引かず、「ほらほら、手を焼かせないで」と仏頂面(ぶっちょうづら)の北見の服を脱がせにかかった。

また淫らなことをされるんじゃないだろうなと身構えたものの、意外にも井上はほんとうに一緒に風呂に入りたかっただけらしい。

井上はタブレットPCで音楽を流し始める。題名はわからないが、クラシックのピアノ曲だ。仕事で摩耗(まもう)した神経を安らげるようなメロディに耳を傾(かたむ)け、そろそろ頭を洗うかとバスタブを出かけると引き留められた。

「僕が洗ってあげよう」

「あんたが?」

「ひとに洗ってもらうのは存外気持ちいいもんだよ。君、美容院には行く？」

「いや、たいてい理容院だ」

「でも頭をしっかり洗ってもらえるのっていい気分だろう。自分じゃなかなか力が入らないし。任せなさい」

井上はバスタブに浸かったままシャワーで北見の髪を濡らし、アロマオイルのいい香りがするシャンプーでやさしく髪を洗い始める。地肌を揉み込むような手つきが気持ちいい。

「……あんた、手が大きいんだな」

「うん。リウよりも大きいかな」

ごしごし擦るのではなく、髪のひと束ひと束を慈しむような手つきに、ゆるゆると神経が解れていく。

毛先までしっかりとコンディショナーを馴染ませ、洗い流された。ほどよい香りがバスルーム内に漂い、すっきりする。はぁ、と吐息をついて無意識に彼の胸にもたれかかると、くすりと笑い声が響いた。

「猫みたいだな、北見君は。機嫌の悪いときはまったく触らせてくれないのに、気まぐれに甘えてくる」

「甘えてるわけじゃない」

「喉を撫でたらゴロゴロ言いそうだ」

からかうように人差し指で喉元をくすぐられ、むっと顔を顰めるが、怒る気分でもない。

「こっちを向いてごらん」

広いバスタブの中で向かい合わせになると、井上が足の爪先を掴んでくる。

すでに身体を洗い終えているから、隅々まで綺麗なはずだ。

踵を持ち上げ、井上はしげしげと見入っている。

「足のサイズは？」

「二十七」

「理想的だ。土踏まずもしっかりある。指先の並びもいいね」

言うなり、井上は踵にやんわりと齧り付いてくる。

びくっと身体を震わせたが、井上のそれは軽い愛撫のつもりらしい。

「……足、だぞ。洗ったけど……齧るのは」

「自分でもおかしいと思うよ。いままで数え切れないほどの男も女も抱いてきたが、足を齧ってみたいと思ったのは君が初めてだ」

踵にキスして、舌を這わせ、齧り付く。

右、左と繰り返し、くるぶしも舐め上げてくる。いいとか悪いとかの判別はつかず、ただ困る。

「綺麗な爪だ」

「……馬鹿だな、あんた」

小指、薬指、中指、人差し指、親指の順で足の指を口に含み、ねろりと舐めしゃぶった井上は、満ち足りた笑顔で顔を離す。

「おいで。もう一度ちゃんと温まろう」

再び背後から抱き締められて肩まで湯に浸かる。

それ以上の行為はなかった。大仕事をやり遂げたあとの心地好さが襲ってきて眠くなる。

「このまま寝てしまってもいいよ。僕がベッドに運んであげる。君はよくやった。お疲れさま」

耳元をくすぐる声が甘く、やさしい。

……この男に甘えるなんて。

ぐずぐず蕩けていく意識の中で、井上のいない生活をぼんやり思う。

無味乾燥な毎日。外食ばかりの毎日。シャワーで汗を流すだけの毎日。

ここにいれば、井上がとことん甘やかしてくれる。

……ここを、抜け出す気持ちになるだろうか。

10

木島悟が違法献金を受けていたとの容疑で逮捕された、と国営放送が臨時ニュースを出したとき、北見は羽川とともに会社近くの定食屋にいた。

「ま、その線が一番手っ取り早いな」

「臓器売買のことは闇に葬られるケースか」

「ずいぶん派手に騒いでやったから読者の記憶には残ると思うが、……警察と官僚が箝口令を敷く可能性は高い」

生姜焼き定食を旨そうに食べる羽川は、さして悔しそうな様子ではない。こうなることを見越していたのだろう。

「政治家が臓器売買に関わるなんて前代未聞だろ。違法献金だってそれなりに捜査のメスは入ると思う。まあ、これで木島悟の名は失墜だ。夜の街一掃なんてやってる場合じゃなくなるだろ」

「だったらリウの店はこれまでどおりってことか」

「だな」

「……あそこにも大物が出入りしてるんじゃないのか？　芸能人だって政治家だって」

「一夜、他人と遊ぶのと臓器売買は違いすぎる」

「それでも、俺を売り買いしたじゃないか」

「そこは目をつぶれよ。現にこうしてぴんぴんしてるわけだし」

承服しかねるが、北見とて全方位に置いて清廉潔白というわけにもいかない。

「ともかく、お疲れ」

晴れやかに笑う羽川を眩しく感じ、ふいっと目をそらした。

抱かれてからもう二週間近く経つのに、未だに彼が残した感触は鮮やかだ。体内に挿ってきたときの熱と圧。

太い杭にねっとりと纏わり付いた己の肉体。

あのとき、間違いなく自分は羽川を欲し、もっと、もっと、と汗で濡れる内腿で、彼の腰を艶めかしく撫で上げたのだ。

羽川が手元に置いていたスマートフォンが振動した。同時に北見のも。

見れば、リウからのメッセージが届いている。

『今夜九時に私の店へいらしてください。今日は休店日です。大事な話があります』

「だとよ。行くか？」

「ああ、もちろん」

ここまで来て顛末を見損ねることはできない。北見も最後のひと口をかき込んだ。

リウの店は静まりかえっていた。ボディガードもいない。

木島悟の一件もあって、用心のためにしばし店を閉じていたのだろう。

彼のことだから、一週間後には再開していそうだが。

「こんばんは、北見さん、羽川さん。井上さんはもう来ていますよ」

広いフロアの片隅（かたすみ）で、手を振っている男がいる。井上だ。

ボックス席に近づくと、そこはＶＩＰ用のテーブルなのか、他よりもゆったりとした構えだ。

半円形のソファにめいめい腰を下ろし、リウが飲み物を用意してくれる。今夜はワインだ。優雅な手つきでグラスにワインを注ぎ、リウがステアに指を添える。

「乾杯（かんぱい）しましょう、私たちの勝利に」

「そうだな、一件落着だ」

井上の朗（ほが）らかな声に羽川は苦笑し、北見は黙ってグラスを掲（かか）げた。

中央で、四つのグラスが軽い音を立てて触れ合う。

「――よくやってくださいましたね、北見さん、羽川さん。あなたたちのおかげで、この店も存続していけることになりました」

「そいつはよかったな。とは言っても、あまり派手なことはやるなよ。またお上（かみ）に目をつけられる」

「ふふ、人間オークションは休業ですかね。当面の間は普通のクラブとしてやっていきましょうかね」

芳醇な香りを漂わせる赤ワインを口にし、リウが微笑する。そして、すいっと北見を狙い澄ましてきた。

「北見さん、あなたはほんとうに尽力してくださった。あの動画は世に出しませんし、報酬も弾みます」

「……助かるな。結局、俺はあんたたちの手のひらで踊っただけだ」

「そんなことありませんよ。あなたは人助けもしたんです。とても大事なひとをね」

「吉里えみのことか？　水野槇か」

「メイファンのことですよ」

「メイファン……？」

聞き慣れない名前に目を丸くした。

「メイファンは私の実の妹――吉里えみです」

思いがけない言葉に座がしんと静まった。

「あの子が、君の妹だったのか」

井上ですら知らなかったらしい。

驚き、ワインを呑むのも忘れている。

羽川と言えば呆然としており、北見に至ってはリウの言葉が意識に浸透するまでたっぷり三十秒はかかった。

「吉里えみが……あんたの妹？　妹は結婚して隣の村に嫁いだと言ってたじゃないか。それに吉里えみは沖縄生まれのはずだ」

「彼女のプロフィールはプロダクションが作った偽物です。年齢と顔以外はね。でもこれから話すのは真実、私たちだけの秘密です」

リウはいたずらっぽく片目をつむり、美味しそうにワインを啜る。

メイファンが吉里えみ？　リウの実の妹だって？

何度反芻しても信じられないが、リウの顔を見つめているうちに、そういえば――と気づく。吉里えみとリウは目元がそっくりだ。

切れ長の瞳で、美しく見えるが、内側に鉄の芯を抱え持っているようなところがとくに。

「メイファンは十五歳のときに日本に観光で訪れ、その美貌を見逃さなかった前プロダクションの社長じきじきにスカウトされました。彼女は以前から日本が好きだったので、来日には異論はありませんでした。その頃、私もここで仕事をしていましたからね。しばらくは一緒に住んで、彼女が歌や演技の指導を受ける日々を見守ったものです。メイファンは、美しい。そして頭がいい」

そうだろうとも。あんたの妹ならな。

「以前から、メイファンとプロダクションはギャランティの件で揉めていました。メイファンの取り分がいかんせんすくなかったのです。プロダクションの社長はレッスンに金がかかっていると言い張りましたが、妹はデビューした直後から売れっ子だった。しっかり稼いでいるにもかかわらず、雀の涙程度のギャラしかもらえていませんでした。しかし、プロダクションには力があった。メイファンを売る力だけはね」

「だから、時期を見計らって反旗を翻したのかな」

井上の言葉に、そう、とリウが頷く。

「実際、金のことは私が都合していたので、生活に困ることはまったくありませんでしたが、一方的な搾取は許しがたい。そこで、メイファンは黙って実力を積み、移籍のチャンスを狙っていたんです。悪辣な渡辺哲樹に引っかかるまでね」

「あれもあんたたちの策略だったっていうのか」

羽川が驚愕し、身を乗り出す。

「じゃあ、まさかほんとうに北見の想像どおり、木島悟と渡辺哲樹は裏で繋がっていたとか……？」

「北見さんがそのような予想を？」

ふっとリウが笑い、ワインを一気に呷る。そして長いため息をついた。

「北見さんは私が見込んだ以上の男だ。そうです。彼らは裏で手を組んでいた。渡辺と木島はグルだったんですよ。ふたりして臓器売買に関わり、大金を手にしていた。メイファンもいち早くそのことに気づき、私に進言してきました」

『お兄さん、わたし、ひょっとしたら渡辺さんに騙されてるかもしれない。いつまで経っても離婚してくれないの。いっそ、あのふたりをまとめて片付けられない？』

北見が取材を申し込む以前から、吉里えみは女の鋭い勘で、男の不誠実さを見抜いていたのだろう。

「私は妹の案に乗りました。木島悟は大切なメイファンをたぶらかした男。一応、妹の名誉のためにも言っておきますが、彼女の恋心は本物だったんですよ。いつか、渡辺哲樹と結婚すると信じていた。しかし、渡辺のほうにはそのつもりはまるでなかった。もともと妻子もあるし、他にも女がいましたからね。たったひとりの妹を弄ぶ男を、私が許すはずありません」

「木島悟も、このクラブに出入りしていたのかな」

井上の問いかけに、リウは浅く顎を引く。

「二度ほど。ほんのお試しといった程度でしたが、偵察の意味合いもあったんでしょうね。彼が来店したときには、闇オークションは開いておらず、普通に酒を呑む場に過ぎませんでしたが、彼もなかなかしつこかった。渡辺哲樹から連絡を受け、うちが非合法なことをやってのける店だと思ったのでしょう。だから躍起になって夜の街ごとこの店を潰そうとした」

「……それをあんたが妹と協力して阻んだ……」

「いいえ、羽川さんと北見さんがいなければ完遂できませんでした。おふたりの力があってこそ成し遂げられたのです。――あの日、羽川さんが北見さんの写真を持って、『どうにかこの男をオークションにかけてほしい。憎んでるんだが、惚れてるんだ』と言い出したときにはさしもの私も驚きましたが、愛憎入り交じる羽川さんにとっては、苦肉の策だったようですね。北見さんに屈辱を与えたうえで、自分のものにしたかった。そうでしょう？」

——惚れてるんだ。

そんなことをこの無骨な男が言ったのかと目を剝くと、隣の羽川は所在なげに視線をさまよわせ、やがて長い息を吐く。

「ああ、ああ、そうだよ。リウさんの言うとおりだ」

ふてくされた表情の羽川がぼそりと呟く。

その耳先が薄暗い店内でも赤いのがわかった。

「だからおまえ……」

俺を抱いたのか。この前、無理強いしなかったのはそういうわけか。

突然の告白に動揺してしまい、言葉が続かない。

悪い気が、しなかったのだ。

むしろ、嬉しいと感じている自分がいた。

「昔みたいにおまえと屈託なく喋れて、一緒に記事が作れたらって思ってた……」

「それは俺の台詞だ北見。おまえはどんどんひとりで先に行っちまうから、強引な手を使ってでも引き留めたかった」

「だから俺をオークションにかけたのか」

「……まあ、荒っぽいやり方になったのは認めるよ。悪かった」

「いや」

北見は微笑んでいた。種を明かせばなんてことはない。

羽川のねじれた愛情を知ってしまったいまでは、なんだか可笑しくてたまらない気分だ。

「もともと、羽川さんはメイファンの不倫ネタを押さえたかった。だからうちの店にもよく来ていましたよ。そこで言葉を交わすようになり、私は私でメイファンの策に乗りたいところでしたが、北見さんをひと目見たときから、他の誰にも渡すまいと決心しましたね。メイファンにつらい思いをさせた渡辺哲樹に引導を渡し、さらにあなたをもらう——いいことずくめです。実際に競り落とすのは井上さん、ということにして、あなたを私のものにしたかった」

「僕はね、はじめはなにを言われているのかわからなかったけど、リウから渡された写真と昏睡している君をステージ裏で見てこころが決まった。君ほど艶やかな肌と強靱な意志を兼ね備えた男はふたりといない。五億なんて正直安いぐらいだ。景気よく十億ぐらい払えばよかったね。なんたってオーナーの権利として僕が最初に北見君を抱けたんだから。抱いたあとでも君は己を見失わず、仕事を全うした。そこに惚れ込んだんだよ」

満足そうに頷くリウと井上を交互に見つめ、北見はちいさく息を吐き、肩を竦めた。このふたりにかかったら、落とせないものなんてこの世にひとつもなさそうだ。

羽川が不安そうな視線をよこしてくる。そのことに微笑み、おまえも大概面倒な奴だよなとこころの中で呟く。

親愛がねじれて、ねじくれて、憎しみに変わり、だが最後まで愛情を捨てきれなかったからこそ、彼は闇オークションに北見を出品させるという異常な手段に出たのだ。

「惚れてるのか、俺に」

「何度も訊くな」

「あれだけ嫌みを言ってたくせに。俺に酒をぶっかけたことだってあっただろ」

「忘れろ、もう。若い頃の過ち(あやま)だ。……すまん」

殊勝(しゅしょう)な彼を見ていると、らしくないなと思うから、追い詰めるのはやめにした。

「さて、最後の難題です」

リウがゆったりと足を組み替える。

「この三人の中で誰が北見さんを所有するか、決めなくては」

「俺の意思を無視するな」

「だったらくじ引きでもしようか？」

場違いな朗らかさを示す井上に、リウも羽川もぽかんと口を開けている。井上らしい突拍子(とっぴょうし)もない提案だ。

「くじ引きって」

「景品じゃないんだから」

「人生を懸(か)けた最高の景品だろう？　北見君にくじを作ってもらって、僕たちがそれを引く。当たりを引いた者が北見君のパートナーとなる。永遠にね。どうかな？　悪くないだろう？　皆、北見君に運を委ねるんだ。リウ、なにか紙はある？　割り箸でもいいんだけど」

「割り箸はありますが、紙のほうがいいでしょう。――売られた北見さんが今度は選び手になる。おもしろい趣向だ」

「おまえはどうなんだ、北見」

三人の視線を受けて、北見は戸惑う。

選ばれた立場から、選ぶ立場になる。

今度は自分が有利だ。

「……わかった。乗る」

「なら、くじを作りましょう」

「印は俺がつける」

「わかりました」

リウがジャケットの胸ポケットから小型の手帳を取り出し、紙を三枚、破り取る。

それを万年筆とともに受け取り、「皆、目を閉じて」と言った。

「できたらうしろを向け」

「わかった」

羽川が言い、リウと井上も従い、背中を向ける。

三人三様の背中を見つめ、想う。

羽川――おまえとはいろいろあった。親しかったとき、憎み合ったとき、なのに手を貸してくれたとき。スクープを譲ってくれることまでした。犯されても憎みきれなかった俺。そこには、俺なりの情もあったからだ。愛情と言ったら言い過ぎかもしれない。でもおまえのことは……。

井上——朗らかな顔をして五億もの金で俺を買った男。優美な仕草で俺を追い詰める。俺を抱くときはいつも微笑んでいる。家事全般が得意で、出かけるときも帰るときも、おまえの顔を見る。俺の日常にいつの間にか入り込んできた男。料理がうまい。掃除も洗濯も完璧だ。悔しいが、おまえの『おかえり』を聞くとホッとしてしまうようになった。だからおまえのことは……。

リウ——おまえが一番よくわからない。羽川の話に乗って、俺をオークションにかけた。だけど客に売るんじゃなくて、自分のものにしたくて井上に競り落とさせた。でもおまえは俺を最後まで抱いていない。いつだって権限はおまえにある。羽川も井上も、おまえには従う。きっと、俺を最初に抱きたいと言っていたら彼らは許していただろう。過去の話もどこまでほんとうかわからない。おまえが貧しかったのか、ほんとうは裕福だったのか、そんなことはどうでもいい。おまえにはおまえの執着があることを俺は知っている。おまえのことは……。

三枚の紙切れに視線を落とし、万年筆を握り締める。どれかに◯をつけ、あとの二枚を白紙にすればいいのだ。

男たちの広い背中を見つめ、北見はこころを決めて紙に大きく◯をつける。

そして四つ折りにし、「もういいぞ」と言う。

「どれが当たりかな」

「井上さんは遠慮しろ。あんたが最初にこいつを抱いたんだから。当たりは俺だ」

「案外図々しいですね。羽川さんも」

めいめいに言い合い大事そうに紙切れを手中に収める。

その中に運命が握られているのだ。

「開けていい」

「……じゃあ、せーの、で開けようか」

「ですね」

「せーの！」

三人がぱっと紙を開いた。

そこで彼らが一様に目を丸くするのがなんとも可笑しい。

「○だ」

「僕も○だ……」

「私もです。北見さん？」

北見は破顔一笑した。

彼らと出会って初めて会心の笑みを見せることができた。

三人に渡した紙にはすべて○をつけた。

「俺が選んだ答えだ。不服はあるか」

「ない、けど……俺たち三人は、おまえを愛し合う仲になるってことか」

「僕は構わないよ。僕たちは見事にバラバラのタイプだ。そんな男たちで、ひとりの男をめぐって競うのも楽しいじゃないか。リウはどう思う?」

リウは煙草を斜に咥え、マッチで火を点ける。燐が燃える瞬間の匂いが北見は好きだ。

「北見さんのお望みなら、どんなことでも叶えますよ。選ばれたのは私たちなんですから。――愛してます、北見さん。世界中の誰よりも」

静かな告白に胸がはやる。

リウの薄いくちびるから愛を告げられるとは思っていなかった。

「そんなことを言ったら、俺だって入社当時から北見に目を奪われっぱなしだ」

「ずるいな。僕だってひと目惚れだよ。金じゃ買えない高潔さが北見君にはある。どんなに抱いても折れない芯が僕を惹き付ける。……それはまあ、皆一緒かな?」

「だな。愛してるよ、北見」

「大好きだよ、北見君」

「告白大会になってしまいましたね。全員に○をつけた北見さんのせいだ。責任を取ってくださいますか」

「俺の生涯を懸けて。五億の価値はある」

言い切ると、三人から手を掴まれた。

「言いたいことはたくさんありますが――いまは場所を変えましょう。あなたをとことん甘やかして、愛したい」

「どこがいい? ホテルを取ろうか」

「そうだな。キングサイズのベッドがある部屋を押さえよう」

羽川がスマートフォンで都内のホテルを検索し、「今日はスペシャルな夜だ。ここにする」とオンライン決済を決める。

「おいで、北見君」

うながされ、すこしふらつきながら立ち上がる。

どんなことが待っているのか、いまは想像しない。

彼らは、北見が考えている以上のものを与えてくれる男たちだ。

「……愛してる。俺なりにおまえたちを」

三人が顔を見合わせ、嬉しそうに微笑んだ。

11

「ん……う……」

四肢を六本の手が這う。

ネクタイをむしり取られ、ワイシャツのボタンを外される。

ベルトのバックルに手をかけることを牽制し合っているのか、そこはお預けのままだ。

赤坂に新しくできたホテルのスイートルームに足を踏み入れるなり、北見は羽川と井上に抱き竦められた。正面に立ったリウが頤をつまんできて、くちづけてくる。

たっぷりと唾液を纏った長い舌が蛇のようにくねり挿ってきて、北見を蕩かす。

上背があるリウにすこし背伸びをしなければいけないのが悔しい。

ぐらぐらする身体の両脇から、羽川と井上がむしゃぶりついてきた。

立ったままで乳首を吸われ、きつめに噛まれる。

そこはすっかり男の愛撫に応えるようになり、やわらかに食まれただけで、ん、ん、と喉奥から声が漏れ出す。

「ここじゃ……いやだ」

「そうですね。シャワーを浴びますか」

「そんな余裕ねえよ」

「僕も。丸ごと北見君を食べちゃいたいな」

「私も同じく。ではベッドに行きましょう」

三人がかりで手を引っ張られ、広々としたベッドルームへ連れ込まれる。

大きなはめ殺しの窓からは美しい夜景が見えるが、男たちの目には北見の上気した顔のほうが魅力的らしい。

ベッドに組み敷かれ、羽川とリウが両側を、井上が下肢に跨がる。

羽川の熱い舌が胸の尖りをせり上げ、くちゅりと押し潰すように嚙んでくると、リウも負けじと根元に嚙みつき、くちゅくちゅと舐めしゃぶる。

「ふたりとも北見君の胸にご執心だね。僕としてはお尻もいいと思うんだけどな」

「へ、んたい……っ、おまえのせいで、そこ……むずむずして……」

「最高の褒め言葉だね。最初の頃より、だいぶむっちりしたお尻になったよ。男を骨抜きにして咥え込む名器だ」

井上は北見の膝頭を大きく左右に開き、もうゆるく勃ち上がっている性器を視線で犯す。

じっと見つめられるだけで先端がひくんと首をもたげ、蜜をとろりと零してしまうのが自分でも恥ずかしい。

「血管が浮いてきた……とても美味しそうだ。舐めてあげよう」

「あ、ん……んっ……！」

「井上ばかりに感じるなんてずるいだろ。おまえの最大の魅力は乳首だ」

「同感です。最初の頃は桜色の可愛らしい乳首だったのに、見てください。いまはこんなにふっくらと乳暈から盛り上がって。乳頭もかなり大きくなりましたね。ふふ、男の胸でこんなに肥大化していいんでしょうか」

羽川が熱心に乳首をしゃぶる向かいで、リウはこりっと硬い芯を孕んだ肉芽を指で揉み潰す。それをされるとびりびりとした甘痒い刺激が全身に走り、性器にもダイレクトに快感が伝わってしまう。

「今夜も玩具を使いますか？　なんでも揃ってますよ。クリップにローター、なんだったらディルドーも。乳首を吸引する器具も」

「それもいいな。いまのディルドーは熱もあっていやらしくくねるし、振動も小刻みだ。北見君をディルドーで犯して、僕らはみんなでオナニーしようか？」

「んなの我慢できっかよ。こんな旨そうな獲物を前にして、自分でシコるなんて無茶言うなよ。……やるにしても、一度終わってからだ」

「羽川……っリウ……」

「ああ、くそ、おまえのその顔たまんねえな」

荒っぽくスーツを脱ぎ捨てた羽川が、雄々しく勃起したものを扱きながら、張り出した亀頭を乳首にぐりぐりと擦り付けてくる。

ぬるぬるした先走りが肉豆をいやらしく濡らし、光らせる。

先端の割れ目から滲み出した男の体液で胸を濡らされるなんて、過去の自分だったら舌を嚙んで死にたいほどの屈辱に襲われていただろうが、いまはすこし違う。

恥辱はあるが、それを上回る圧倒的な情欲が、身体の奥底からこみ上げていた。

肉棒で肉芽を擦られるだけでも気持ちよすぎて声が漏れそうだ。

四肢をよじりたいのだが、あいにく三人の男にのしかかられている。

リウはスラックスの前だけくつろげ、その怜悧(れいり)な相貌とは裏腹に、恐ろしいほどにいきり勃ったものを取り出すと、北見の頭を摑んでくちびるに触れさせてきた。

「こんなにも感じやすいあなたには、ご褒美(ほうび)をあげないといけませんね」

「ん、ん……っむ……ぐ……っぅ……っ」

くちびるを割って、ずくんと押し込まれた性器の硬さにえづきそうだ。

初めて咥えた男の肉竿の弾力と熱、大きさにおののくが、欲情を煽(あお)る匂(にお)いにそそられて拙(つたな)く舌を這わせた。

井上がよく口淫してくることを脳裏に思い浮かべていた。

くびれをじっとりと舐(ねぶ)り、チロチロとくすぐって軽く吸い、太く浮き立った血管を舌先で丁寧に辿っていく。

かすかにリウが吐息を漏らした。

無我夢中でリウのものをしゃぶっていると、羽川に手を摑まれ、太竿を握らされた。

「ああ、いい……いいぜ、北見。おまえの指が絡みつく」

「じゃ、内側もかな？」

井上が内腿にちゅっちゅっとキスを繰り返し、蜜がたっぷり詰まった陰嚢を口に含む。

「んー……っ！　ン、ン、あっ」

些細な愛撫でたまらずに白濁を散らせば、顔にまともに受けた井上がにやりと笑い、舌舐めずりする。

「君の情の濃さがよくわかる味だ。最初に挿れるのは僕でいいかな」

「ああ、そもそもあんたが買ったんだしな」

「私は最後で構いませんよ。とろとろになった北見さんを食べ尽くしたいものですね」

井上が脱ぎ捨てたジャケットの内ポケットから、細長いローションボトルを取り出す。

こんなものをいつも持ち歩いているのか。

『変態』と詰りたいけれど、うしろが疼いてどうしようもない。

入口はじわじわ疼き、奥に行くに従ってきゅうっと甘く、重く引き攣れている。

そこにローションで濡らした指がゆっくり挿り込んできて、北見は思わず背中を弓なりにした。

「っ、っ、ん……！」

「あー、もう中がぐしょぐしょだ。いつからこんなふうになっちゃったのかな？　僕が最初に抱いたときからかな」

「俺が社内のトイレで襲ったときからだろ」

「まあ、そう焦らずに愉しみましょうよ」

咥え込ませた肉棒で上顎をごりごり擦ってくるリウが、「いい子ですね」と囁いて髪をやさしく梳いてくる。

指先はやさしいが、口内のものは凶悪な太さだ。

これをうしろに埋め込まれたら、と思うだけで意識の底がじん……と痺れる。

井上の長い指が肉襞を淫猥になぞり、男の形に変えていく。

ぐちゅぐちゅと濡れた音がひどくいかがわしい。中を探られれば探られるほど、みちみちと肉洞がわななないて疼き、いたたまれない。

そんなに欲していたのか。男を――羽川を、井上を、リウを欲しがっていたのか。

己に問いかけ、欲しい――と本能が訴える。

それが井上にも伝わったのだろう。襞を丁寧に開いて指を引き抜き、漲った雄を押し当ててきた。

「北見君、僕をあげるよ」

「ん……っう……！」

ズクリと太いもので挿し貫かれて、声を失った。

手は羽川に、口はリウに、身体の奥は井上に奪われ、身動きもできない。

自由にならない。

だけど、それがたまらなく心地好い。

世間では地位も名誉もある男たちが、この身体の虜になっているのだ。

井上の形を覚えていた狭隘は、じわじわと肉棒を食い締め、奥へと誘い込む。

それを待っていたかのように、井上がズンッと最奥を突き上げて、亀頭をしつこく擦り付けてくる。まるで孕ませるかのように。

「ん、っ、あ、っ、あっ」

「いいかい？」

「い、……いい、……すごい……っああ、井上、リウ……っはがわ……！」

ずくずく抉られて抜かれそうになると浅ましく引き留めてしまい、もっともっと奥を突いて欲しくなる。

浅い部分の上側を執拗に擦り、大きく腰を遣う井上が、腰骨をきつく掴んでスピードを速めた。

「やだ、いや、あっ、あ、あ、イく……イく……っ！」

「いいよ、何度でもいかせてあげるよ」

「んんんー……っ！」

四肢をぴんと突っ張らせて絶頂に達するのと同時に、中でぶわりと熱が弾ける。

息の荒い井上が重たい精液を撃ち込んできて、隘路の隅々までみっちりと濡らしきっていく。

中に出された。男に中に出された。

これが初めてではないけれど、普通に暮らしていたら絶対に味わえないだろう。

腹がずしりと重たくなる感覚に陶然としていると、「今度は俺の番だ」と羽川が井上に代わり、濡れそぼるそこに容赦なく突き込んできた。

「んぁ、あっ、羽川……お、おきい……っやあ、っああ、あっ」

「もっと啼けよ、男だろ」

勝手なことを言う。羽川は額に汗をうっすらと滲ませ、獣のように腰を振るった。

いくらか余裕を残していた井上とは違い、最初からがつがつと貪ってくる。

一度精を受けた身体は、余計に反応してしまう。

井上とはまた違う熱量だ。

さっきひどく擦られたしこりを、羽川の凶器が鋭く抉ってきて、それだけで軽く何度も達してしまう。

「ん、っ、あっ、あぁっ……う、ん……っん……」

もはや感じすぎて理性は役に立たず、涙ばかりが溢れて、こめかみを伝い落ちていく。

「泣かせたいわけじゃないんだよ、北見君。いい声で啼かせたいだけ」

先ほど羽川が舐っていた乳首をこりこりつまんでくる井上は、まだ興奮冷めやらぬふうで、己のものを扱いている。

「顔射しちゃおうかな。北見君の綺麗な顔を汚してみたい」

「私もそう思っていました」

「……っく、北見、締めるな……！」

こころの奥まで鷲掴みにされるような言葉の数々に、身体が反応し、羽川を追い詰める。

頭のうしろがふわふわし、深いところで快楽を得る北見は、羽川の名前を何度も呼んだ。

「北見、北見……！」

「あ、あ、羽川……ぁっ……」

どくどくっと注ぎ込まれる大量の滴に、身体がびくびくと震えて止まらない。

男の精を最後の一滴まで搾り取る身体になってしまったのだ。

「く……っ！」

ぴしゃりと熱い滴が頰を打つ。

己を扱いていた井上の精液が顔をどろりと濡らしたのだ。

「あー……最高だ……、君の顔が僕のものでどろどろだ」

熱い滴はくちびるにまで伝い落ちてきて、彼の濃い味を北見に味わわせる。

くちびるを開くと、井上が己の滴をすくい取った指を口に含ませてきた。濃い、雄の味にとろりと意識が蕩ける。

「なんて奴だよ、おまえは……」

余韻を愉しむかのように、羽川が抜き差しを繰り返し、名残惜しそうに身体を離す。

「さて、そろそろ私の番ですか」

「ん……」

リウが正面に回り、顎を斜めに反らし、ネクタイの結び目を軽く解く。

彼だけだ、この場においてスーツを身に着けているのは。

素肌を晒さないぶん、露出した性器がやけに卑猥に見える。

色濃く怒張したものをひたりとあてがい、リウがゆっくりと挿ってきた。

「――ン、――ン、……あ……っ！」

弾ける快感に心臓がばくんと波打つ。北見は凄まじい絶頂に押し上げられた。

比べられないけれど、羽川とも、井上とも違う凶器を内側に感じて、北見は凄まじい絶頂に押し上げられた。

いいどころの話じゃない。まだゆるく動かされているだけなのに、イきっぱなしで、性器からもとろとろと滴が溢れて止まらない。

「あぁっ、リウ、リウ……！」

「こら、リウばかりに甘い声を出すのははずるいよ。君にはもっと僕を好きになってもらわなきゃ」

「だな。啼いてもらわないと」

鋭く狙い澄ます視線とともにリウが腰を進めてきて、北見を揺り動かす。

無意識に彼を求めるように内腿でリウの腰をすりっと撫で上げた。

そうすると中がきゅんと甘く締まってリウもいいのだろう。

不敵に笑って次第に腰遣いを激しくしていく。

この冷たい顔をした男にも熱い欲望があるのか。滾るものがあるのか。そう考えるだけで胸が打ち震える。

犯されているのに、嬉しくてたまらないと言ったら、彼らに笑われるだろうか。

正気を疑われるかもしれないけれど、本音だ。

「骨の髄まで愛しています、北見さん」

綺麗なイントネーションで囁かれた瞬間、どっと体内で熱が弾けた。

「あっあっあっ、あっ……あぁ……っ!」

間を置かずに三人の男に射精され尽くした身体は敏感に跳ね、貪欲に精液を呑み込もうとする。

だけど、多すぎて溢れてしまう。

受け止めきれない残滓がトロトロとリウと繋がった場所から零れ出し、尻の狭間を濡らしていく。

「っは、……あぁ……っあ……は……っ」

三人とも、がっつきすぎだろ。

途切れ途切れに言うと、三人は顔を見合わせてくすりと笑う。

「かもな。おまえを前にして、おとなしくしてる男がいたらお目にかかりたいぜ」

「北見君の写真だけでオナニーができるよ、僕は」

「私としては——今度はうしろから突き込みたいのですが」

繋がったままのリウに、くるりと身体をひっくり返され、四つん這いの形になる。

両脇から井上と羽川がそれぞれ充溢を頬に擦り付けてくる。

「早い者勝ちかよ」

「かもね。いや、まだ時間はたっぷりある。北見君を存分に愛する時間は、まだまだあるよ。朝までずっと。これから先ずっと」

まじないのように呟いて、井上が綺麗に片目をつむる。

うしろはリウに捕らわれている。

どちらに顔を向けようか。

身体をふらつかせながら、北見は繰り返し襲いかかってくる快楽にのぼせ、顔を横に向けた。

12

年越しを迎えるまでは、死ぬ気で働くのが出版業界の習わしだが、今年もようやく仕事納めをし、大晦日と年明けの三が日の休暇をもぎ取った北見は、ボストンバッグと紙袋を提げて三軒茶屋に向かっていた。

人気のカフェやショップが建ち並ぶ通りから一本裏に入ると、途端に静かになる。そこに、目当てのマンションがあった。

低層階の豪勢な造りのマンションは、できたばかりの物件だ。

四階建ての最上階を丸ごと借りているのは井上とリウ。そこに羽川が先に来ていて、「おう、お疲れ」と北見を出迎えてくれた。

「おまえのチームのほうも、無事に仕事上がったんだな。お疲れ」

「ぎりぎりだよ。年始は二日から仕事だ」

「俺だって似たようなもんだ」

言い合いながら新しいスリッパを履き、暖かいリビングへと入っていく。

「おかえり、北見君」

「待ちわびて、先に支度してしまいましたよ」

暖かそうなベージュのニットにチェックのパンツを合わせた井上と、ジャケットを脱いだスーツ姿のリウが、コの字型のソファでくつろいでいた。

四十畳ほどある広々としたリビングには四人掛けのテーブルと椅子も置かれている。

そこにはカセットコンロが設置され、鍋から湯気がふわりと立ち上っていた。

この面子にふさわしいのか、ちぐはぐなのか、迷う風景である。苦笑いして、まずはソファに腰掛けた。

この部屋は、四人が自由に集まる場所として井上たちが借りたものだ。

いわゆるセカンドハウスというものだ。

合鍵は皆持っていて、いつ誰が来てもいいことになっている。

ひとまず、年越しは一緒に過ごそうという話になって、泊まり込む準備をしてきた。

リウ、井上、羽川と奇妙な関係を築いてから、北見はいつもどおりの生活に戻った。

井上のマンションを出て、自宅に戻ったのだ。

彼らに求められながらも、やはりひとりになる時間は大切だ。

ひとりの時間があってこそ、彼らへの想いも不思議と募る。

『学校の部活みたいだな』と言ったのは羽川か。

たぶん、穏やかに年を越したあとは、彼らにまたとことん愛されるのだろうけれど、仕事が無事に終わったいま、気分は高揚している。

「すこし早いけど、皆にお年玉だ」

「え、北見から？」

「なんだろ、早く早く」

「お年玉なんて子どもの頃以来ですね」

三人が身を乗り出してくるので、北見は笑いながら、傍らに置いた紙袋からひとつずつ包みを取り出した。

羽川の包みには青いリボンがついている。井上には黄色、リウには赤。

「開けていいぞ」

それぞれ期待を孕んだ顔でリボンを解き、丁寧にパッケージを開いて歓声を上げた。

「パジャマだ」

「シルクのパジャマか。上質なものだ」

「井上が黄色、私が赤、羽川さんが青ですか。なんだかアニメに出てくる戦隊ものみたいだ」

くすくす笑うリウが、「あなたのは?」と訊くので、「当然ある」と言って最後の包みを開ける。

中から出てくるのは真っ白なシルクのパジャマ。すべすべした生地のパイピングは紺。

他の誰にも理解されない仲だろうが、四人がわかっていればいい。

親愛も込めて、気に入りのセレクトショップで買い求めた。

いい値段だったが、ボーナスが出たあとなので奮発してしまった。

それぞれパジャマを身体に当て、喜んでいる。

こんなふうにしていれば普通に見えるのに、夜も更ければ欲情を滲ませ、北見に手を伸ばしてくる。

「早速、今夜着ましょう」

「ますます部活だな」

「お年玉をくれた北見君には、たくさんお礼をしないとね」

「おてやわらかに」

最初の頃と比べると、自分もだいぶ軟化したと思う。余裕が出てきたのだ。

拒むから余計に強引に求められる。

だけど、いまはすこし普通に過ごしたい。

せっかくの年越しなのだし、鍋を囲んだあとはテレビでも見て談笑し、日付が変わった頃には近くの神社に初詣に行こう。

なにを願うか、もう決まっている。

「これからも俺を大切にするように」

宣言すると、三人が声を上げて笑った。さも楽しそうに。

「俺が一番おまえを大事にする」

「いやいや、それは僕の役目だよ」

「私は――そうですね。もちろんあなたを大切に愛しますが、北見さんがまたスクープを狙えるよう尽力しますよ」

共犯者のように目配せして笑い合う。

すべては仕事から始まった。

つかの間の休息を経たら、また慌ただしい日常が戻ってくる。

より新鮮なネタ、耳目を集めるネタ、とびきり興奮するネタを追いかける日が。

その前に、小休止だ。

「そろそろ食べましょうか」

「だな。腹が減ってしょうがねえよ」

「水炊きも久しぶりだな。お腹いっぱいになったら、今度は北見君をいただこう」

「されるがままだと思うなよ。俺だってしたいことがある」

そう言うと、好奇心を剝き出しにした視線を一斉に向けられた。

「なんですか?」

めずらしくリウが一番に訊いてきた。

彼らを跪かせ、誰が最初に触れていいか自分が決める。

その野望はいまのところは隠しておいて、「とにかく食べよう」と言って北見はテーブルへと向かう。

食うも食われるも一瞬。

勝利の鍵は、いつだってこの手の中にある。

あとがき

はじめまして、またはこんにちは、秀香穂里です。

またも乳首に特化した本を書きました。どれだけ乳首好きなのか……最近お尻にも萌え始めているので、いずれ形にしたいです。以下ネタバレになるので、本編未読の方はご注意くださいね。

今回書いていて最高に楽しかったのは、貞操帯です！　想像するだけで滾りました、スーツの下に隠されている貞操帯……うっとりしますよね。

挿絵は、奈良千春先生にお願いすることができました。前作「発育乳首」でも素晴らしくもエロティックなイラストを手がけていただけて、嬉しかったです。新しい乳首本でも目が釘付けになるようなイラストの数々をほんとうにありがとうございました。

担当様。細かい乳首描写、玩具の用途などの馬鹿話におつき合いくださり、感謝しております。

そしてこの本を手に取ってくださった方へ。複数ものは何度書いても楽しいものです。誰がどの位置にいて、誰がなにをするのかたまに混乱するのですが、もみくちゃになりつつも女王様系の北見をすこしでもお楽しみいただければ嬉しいです。

それでは、また次の本で元気にお会いできますように。

Lovers Label

甘噛乳首

ラヴァーズ文庫をお買い上げいただきありがとうございます。
この作品を読んでのご意見・ご感想をお聞かせください。
あて先は下記の通りです。

〒102−0072
東京都千代田区飯田橋2-7-3
(株)竹書房　ラヴァーズ文庫編集部
秀 香穂里先生係
奈良千春先生係

2021年2月5日
初版第1刷発行

●著　者
秀 香穂里 ©KAORI SYU
●イラスト
奈良千春 ©CHIHARU NARA

●発行者　後藤明信
●発行所　株式会社　竹書房
〒102−0072
東京都千代田区飯田橋2-7-3
電話　03(3264)1576(代表)
　　　03(3234)6246(編集部)
●ホームページ
http://bl.takeshobo.co.jp/

●印刷所　中央精版印刷株式会社

ISBN 978-4-8019-2540-3　C0193